AF235699

Originalausgabe

Herstellung und Verlag: BoD – Books on Demand, Norderstedt
ISBN: 9783756859139

Kurzgeschichten

aus

Asgard

Band I

Inhaltsverzeichnis

Baldurs Charme

Baldur saß auf seinem Ross und blickte über die Anhöhe. Vor ihm lag ein kleines Dorf. Er war lange durch das Land der Bergriesen geritten. Drei der Riesinnen hatten ihn dabei zu fangen versucht. Er hatte versucht, sie abzuwehren. Denn als die Riesinnen den schönsten Gott aus Asgard gesehen hatten, hatten sie sich sofort unsterblich in ihn verliebt.

Zwei der Riesinnen war er mit seinem guten Ross mühelos entkommen. Doch die Dritte war schlau gewesen. Sie hatte ihn in eine Falle gelockt. Zuerst hatte es so ausgesehen, als würde er ihr entkommen. Doch mit gezielten Steinwürfen hatte sie ihn in eine Schlucht getrieben, ohne dass er es gemerkt hatte. Als sie sich dann gegenüber standen, hatte sie ihm ihre ewige Liebe geschworen und versprochen immer gut zu ihm zu sein, solange er nur keine andere Frau ansah. Als Baldur jedoch sein Schwert zog, hatte sie nur laut gelacht und aus ihrem Umhang ein Netz geholt, welches sie mit nur einem Wurf über ihn und sein stolzes Ross geworfen hatte.

Drei Tage hatte er in ihrem Verlies gesteckt. Nur indem er vorgab, dass er sie auch unsterblich liebte, hatte er schließlich fliehen können. Denn kaum dass sie ihn freigelassen hatte, versprach er seiner Geliebten einen Tee zu kochen. Diesen hatte sie gierig getrunken, als ob es das heiligste Gesöff ganz Yggdrasils sei, allerdings unwissend das Baldur den Tee mit einem Schlafmittel versetzt hatte.

Es hatte noch Stunden gedauert, bis sie endlich tief genug geschlafen hatte. In dieser Zeit hatte er mit ihr kuscheln und schmusen müssen. Ihre steinerne Haut hatte gekratzt und ihr Gestank hätte selbst Hausschweine bis in die Ohnmacht getrieben. Als der Moment endlich gekommen war, rannte er wie von einem Zwerg gebissen raus, befreite sein Pferd und ritt im Galopp, bis die Grenze des Riesenlandes in Sicht kam.

Vor ihm lag ein Dorf von Midgardmenschen. Odin liebte sie, Baldur jedoch zweifelte an ihrer Ehrbarkeit. Dennoch brauchte sein Ross frischen Hafer und einen Platz, um sich auszuruhen. Als er in die einzige Straße ritt, fiel dem ersten Bauern sofort die Kinnlade runter. Eine Gestalt wie ihn hatte er hier an der Grenze zum Riesenland wohl noch nie gesehen. Der Matsch der Straße ließ währenddessen die Hufe seines Rosses versinken, doch zum Glück prangte auf dem oberen Geländer eines der rustikalen Häuser die Aufschrift eines Wirtshauses. Zum wilden Adler hieß die kleine Spelunke und war bei genauer Betrachtung nur eine Bretterbude mit bunt bemalter Front.

Er band sein Pferd fest und betrat das Wirtshaus. Es stank. Zwar war es nicht so schrecklich wie der Gestank der Riesin, dennoch war es unverkennbar der Geruch von Menschen, die sich seit Tagen nicht gewaschen hatten. Wieder klappten die Kinnladen runter, als die Gestalten des Wirtshauses ihn erblickten.

Was er denn wolle, fragte der Wirt mürrisch. Was wohl, dachte Baldur, schnell hier weg, so wie jeder vernünftige Gott. Doch sein Pferd musste sich ausruhen. Der Ritt war sehr hart gewesen und die Riesin hatte den armen Gaul auch schäbig behandelt. Also sagte er, was er wolle. Grummelnd erwiderte der Wirt, dass bei ihm nur zahlendes Volk bedient würde. Baldur griff in seine Manteltasche und zauberte einen Klumpen Gold hervor.

Das blanke Gold auf dem Tresen ließ die Augen an den Tischen größer werden. Wieder klappten viele Kinnladen runter, doch dieses mal veränderte sich die Stimmung der

Menschen. Plötzlich spürte er, wie dunkle Augen habgierig funkelten. Typisch für Menschen, dachte Baldur und fragte sich wieder einmal, was Odin an diesen Kreaturen gut fand? Plötzlich ging ein Strahlen durch den Raum und mit einem Mal verstand er Odin. Am andern Ende des Raumes, aus einer Schwingtür, war eine Frau gekommen, deren Schönheit den Gestank und den Dreck des Dorfes vergessen ließ. Ihr blondes Haar glänzte wie sein Gold und ihre blauen Augen waren der Himmel. Als sie seinen Blick bemerkte, hob sie stolz ihren Kopf. Sie war eine Unnahbare, die nicht viel auf Männer gab, dass sah Baldur sofort. Doch das weckte seine Neugier noch mehr.

Er solle sich nichts einbilden, sagte sie ihm geradezu, als er seinen Blick nicht von ihr losreißen konnten. Sie sei nur da, um Geld für sich und ihren Sohn zu verdienen und würde keinen Lumpen an ihren Rock lassen. Sprachlos sah er sie an. Dann holte sie ihn zurück in die Realität und fragte, ob er Suppe oder Braten wolle? Baldur antwortete und sah ihr hinterher, als sie wieder hinter der Schwingtür verschwand. Plötzlich lachten alle und er wurde rot. Scheinbar war er nicht der erste Mann, der diese Abfuhr bekommen hatte. Zerknirscht bestellte er sich einen Krug Met beim Wirt und als der seine Laune nicht verbesserte, bestellte er sich sofort einen zweiten. Zwischenzeitlich tauchte ein Bursche auf, der für die Pferde verantwortlich war. Als er ihm auch ein Stück Gold gab, versprach er fast weinend vor Glück, das Ross nur mit dem Besten zu versorgen.

Der Braten kam und ein drittes Met. Die Schöne stellte es ihm wortlos auf den Tisch und verschwand wieder. Ein Vagabund setzte sich an seinen Tisch und holte die Karten raus. Baldur verscheuchte ihn sofort. Gezinkte Karten roch er drei Meter gegen den Wind. Plötzlich knallte die Tür laut.

Als Baldur zur Eingangstür sah, stand dort ein muskulöser Schwertkämpfer in Begleitung eines Keulenschwingers und eines Zwerges mit zwei großen Äxten auf dem Rücken. Die Atmosphäre im Wirtshaus veränderte sich schlagartig. Die Gespräche an den Tischen verstummten und alle guckten betreten auf den Boden. Selbst der Wirt hinterm Tresen machte ein Gesicht wie zehn Tage Regenwetter.

Die drei dunklen Gestalten gingen mit langsamen Schritten zum Tresen. Der Zwerg grinste böse als sich seine und Baldurs Blicke trafen. Unaufgefordert stellte der Wirt drei Krüge hin und füllte sie. Schneller als Baldur gucken konnte, leerten die drei die Krüge und der Wirt schenkte nach. Auch diese schluckten sie in Rekordzeit runter und der Wirt füllte abermals nach, ohne ein Wort zu sagen.

Plötzlich erschien die Schöne. Ihr Blick wurde grimmig, als sie die drei am Tresen erblickte. Der Stolz wich aus ihren Augen und Angst machte ihre Statur hart. Baldur sah genau hin. Hier ging etwas vor sich. Kaum dass sie zum Tresen gegangen war, um drei Teller Braten abzustellen, griff der Schwertkämpfer um ihre Taille. Funkelnd befreite sie sich oder vielmehr versuchte sie es, denn in dem Moment da sie sich aus seiner Umklammerung befreit hatte, griff er nach ihrer Hand. Sie zerrte, doch es half nichts. Dann schlug sie ihm mit der flachen Hand ins Gesicht.

Eine Antwort ließ nicht lange auf sich warten. Mit dem Rücken seiner Hand schlug er ihr brutal ins Gesicht. Ihr Kopf federte zurück und sie stöhnte vor Schmerzen. Weder der Wirt noch die anderen Männer rührten sich. Jedoch hielt es Baldur keine Sekunde länger auf seinem Platz aus. Er zog sein Schwert aus der Scheide, schleuderte den Tisch zur Seite und stellte sich breitbeinig hin, bereit für den Angriff.

Zuerst reagierte der Zwerg. Er zog beide Äxte und rannte auf ihn zu. Mit dem Schwert stoppte er den ersten Hieb der Axt und mit dem Fuß trat er zu, mitten in den Bauch des kleines Wichts. Dieser flog wie eine Rakete rückwärts und krachte in die Wand des Tresens. Ein Schrei zerriss die Stille. Der Keulenschwinger warf seine Keule. Baldur versuchte sie abzuwehren. Doch die Wucht war zu groß. Er musste zurück weichen und ging auf die Knie. Der Unhold war schneller, als erwartet. Er schnappte sich seine Keule und hieb wieder und wieder auf Baldur ein. Mit seinem gestärkten Armschutz blockte er die Hiebe ab. Dann war es ihm genug. Er schwang sein Schwert im Kreisbogen über seinen Kopf und hieb zu. Kreischend ging der Keulenschwinger in die Knie und seine abgeschlagene Hand knallte zusammen mit der Keule auf den Boden. Blut strömte aus dem Stumpf.

Jetzt war es der Schwertkämpfer, der schrie. Er ließ die blonde Schöne los und wandte sich Baldur zu. Er schwor ihn zu töten, als Rache für die Schwurhand seines Freundes. Also rannte er wütend auf Baldur zu. Jeder seiner Schritte war schnell und zugleich exakt platziert und verriet Baldur, dass dieser Kämpfer viele Jahre trainiert haben musste. Der erste Hieb knallte und der zweite schoss direkt hinterher. Baldur parierte die Hiebe, aber er war beeindruckt. Vor ihm stand ein Meister der Klinge. Präzise und schnell folgten Hiebe und Stiche. Wäre Baldur kein Gott Asgards gewesen, hätte er keine Sekunde überlebt. Doch er war ein wahrer Ase und seine Reflexe waren besser als die jedes Menschen und außerdem hatte er mit den stärksten Kämpfern aus Odins Halle trainiert. Also wehrte er ab, was der Schwertkämpfer ihm schickte und hieb zurück. Langsam landete er die ersten Treffer mit seinem Schwert.

Aus immer mehr Wunden begann der Schwertkämpfer zu bluten. Doch er war nicht bereit aufzugeben. Baldur wurde klar, dass dieser Mann nur Sieg oder Tod akzeptieren würde. Also tat er ihm den Gefallen. Als er die nächste Attacke pariert hatte, senkte er den Winkel seines Schwertes, um eine Weg zu ebnen, durch welchen sein nächster Angriff gehen könnte. Dann stach er zu. Das Blut spritzte und das Schwert steckte in der Kehle des Unzähmbaren. Er hielt sich noch für einen Moment aufrecht, dann fiel er um und eine Lache bildete sich um seinen Körper. Am Rand bemerkte Baldur wie der Zwerg und der Keulenschwinger das Weite suchten. Dann klatsche ihm die Schöne ein Handtuch ins Gesicht.

Was er sich einbilde, schrie sie wütend und das Männer alle gleich wären und nur Gewalt im Kopf hätten. Aber putzen würden sie nie, wenn sie wieder mal so einen Saustall angerichtet hatten. Doch nicht mit ihr, das schwor sie: Er hatte den Schlamassel angerichtet, deshalb müsse er es auch wieder sauber machen. Also kniete sich der stolze Gott hin und begann die blutgetränkten Dielen sauber zu schrubben, während die Männer an den Tischen über ihn lachten.

Idun und Odin

Nur über die alte Regenbogenbrücke erreichbar und getrennt von den anderen Welten, liegt Asenheim, die Welt in der die Asengötter leben. Obwohl sie unsterbliche Gottheiten sind, altern sie. Denn sie sind Naturgötter und leben in Harmonie mit den natürlichen Kreisläufen Yggdrasils.

Idun ist die Herrin der goldenen Äpfel. Legenden ranken sich darum, wie sie zu dieser Aufgabe kam. Manche erzählen von wilden Bettgeschichten, andere von Morden, sogar am eigenen Bruder. Die goldenen Äpfel sind es, die die Asen essen, um wieder jung zu werden. Einst vor vielen Wintern war es ein Streit zwischen ihr und Odin, der bewies, wer in Asgard die wahre Macht besitzt.

Ein Lüstling wie Odin ist, stellte er auch Idun nach. Denn sie war atemberaubend schön. Doch das Werben des Gottes wirkte nicht, denn Idun hatte ihr Herz unglücklich an einen anderen gebunden. Aber ihr Angebeteter war von einer Reise zum Rand von Ginnungagap nicht mehr zurückgekehrt. So litt sie und das Werben Odins machte sie wütend, denn er hatte Weib und Kinder und wusste um ihr Leid.

Eines Tages saßen sie alle in der Halle Freyas bei Trank und Speis. Wieder war es Odin, der ihr den ganzen Abend schöne Augen machte. Er ließ sich sogar von Bragi dem Gott der Dichtkunst magische Liebesreime dichten, doch selbst diese konnten Idun nicht umstimmen. Nach vielen verzweifelten Versuchen saß Odin der alte Lüstling da und ließ den Kopf hängen, während Idun sich am anderem Ende der Tafel mit ihren Freundinnen amüsierte.

Was niemand mitbekam, war, wie sich Loki heimlich zu Odin setzte. Er sähe ihm an, wie schlecht es ihm ginge, sagte er mit falscher Zunge und dass er seinen alten Freund und Allvater keine Sekunde länger so ertragen könnte. Ob er denn Hilfe für sein Problem wolle, fragte er deshalb. Odin wurde sofort hellhörig und als Loki ihm vorschlug, ihn zur

Nachtstunde zu verwandeln, damit er genauso aussah wie Iduns Geliebter, willigte er sofort ein.

Sie trafen sich unter einer der heiligen Eichen. Bevor er seine Hexenkunst vollführte, schwärmte Loki dem Allvater vor, wie viel Spaß er mit Idun haben würde. Aber er fügte hinzu, dass der Allvater sich gewiss sein sollte, dass es alles Odins Verantwortung wäre und er es sich ein letztes Mal überlegen sollte, aber er dieses Trugspiel durchziehen wollte? In der Gier nach Iduns weichem Schoß zögerte Odin keinen Augenblick länger. So führte Loki seinen Zauberspruch aus. Für eine Nacht würde Odin aussehen wie Iduns Geliebter. Gewahr in was er sich verwandelt hatte, zögerte der Allvater keinen Moment und rannte eilig zu Iduns heiligem Hain.

Schon von weitem sah er die magischen Äpfel, welche die Jugend schenkten. Als er näher kam, vernahm er ihren Klagegesang. Ihre liebliche Stimme kochte seine Wollust hoch. Als sie ihn sah, entbrannte sie in Feuer und Flamme. Keine Sekunde zögerte sie und gab sich ihm hin. Ihr hungriger Leib konnte es nicht länger aushalten. Wild wurde der Akt und ihr Lächeln hätte das Herz des furchtbarsten Kriegsherren erweicht, als sie befriedigt in seinen Armen einschlief. Auch der Allvater lächelte. Er hatte bekommen, was er wollte. Später als sie schlief, schlich er sich still und heimlich von dannen. Der erste Sonnenstrahl traf ihn und er nahm wieder seine alte Gestalt an.

Die Klagelaute Iduns am nächsten Morgen erschütterten ganz Asgard. Wahrscheinlich hatte nie eine Frau lauter um ihren Mann geweint. Zehn Tage fand ganz Asgard keinen Schlaf, denn Iduns Wehklagen raubten jede Ruhe. Loki der Gott des Schabernacks war genervt. Dieses Geschrei war unerträglich. Schließlich ging er zu ihr und fragte sie, warum sie so schrie? Idun klagte ihm, dass ihr Liebster zu ihr zurückgekehrt war, sie aber nach einer Nacht sofort wieder verlassen hatte, weil seine Liebe erkaltet war. Nichts hatte ihr je größeren Schmerz bereitet und nie würde sie aufhören können, um ihn zu weinen. Da Loki für niemand anderes außer sich selbst Loyalität empfand und dringend seine Ruhe zurückwollte, erzählte er Idun, wie Odin ihn angefleht hatte, ihn in Iduns Geliebten zu verwandeln. Der wütende Schrei, der dann aus Iduns Kehle schoss, war in ganz Asgard zu hören. Er erreichte auch Odins Ohr und der Göttervater wusste sofort, was er bedeutete.

Odin der Allvater, oberster Gott aller Asen, war ein mutiger Krieger. Doch dieser Schrei trieb ihm Schweißperlen auf die Stirn. Er hatte Angst. Keine Sekunde würde er zögern, sich allein gegen eine ganze Armee von Riesen zu stellen. Selbst vor seinen Söhnen, die zu den stärksten Göttern Yggdrasils gehörten, hatte er keine Angst, wenn sie sich im Kampf maßen. Aber vor der Rache einer Frau wie Idun fürchtete er sich. Odin sollte recht behalten, auch wenn Iduns Rache anders kam, als er erwartet hatte.

Zuerst geschah nichts. Idun war die alte, stolze Asengöttin. In ihrem Gesicht war keine Regung des Schmerzes, der sie zuvor gequält hatte. Einzig dass sie es vermied, mit Odin zu sprechen oder ihm nahe zu sein, war anders. Doch dann kam der Zeitpunkt, an dem sie es ihn spüren ließ.

Es kam der Tag und Odin der Gott verspürte die Lust sich zu verjüngen. Ihm war ein wenig mulmig, in Iduns Hain zu gehen. Denn noch immer fürchtete er ihre Rache. Aber die anderen Götter gingen auch dorthin und labten sich an den magischen Äpfeln. Also stiefelte er in der Begleitung seiner beiden Wölfe los.

Der Hain kam in Sicht und Geri und Freki rannten vor, um sich im weichen Gras des Hains zu suhlen. Odin lachte, als er seinen beiden Wölfen nachschaute, nebenbei lief ihm schon das Wasser im Mund zusammen. Denn es gab nichts in ganz Midgard oder in Asenheim, was so gut schmeckte wie Iduns Äpfel. Sie waren womöglich das köstlichste Mahl, welches es in Yggdrasils Welten zu finden gab.

Bum! Es knallte laut und schmerzte. Ohne etwas zu sehen, war er gegen ein Hindernis gelaufen. Verrückt, dachte er und probierte es erneut. Wieder knallte er gegen etwas. Also auf ein drittes und viertes. Doch nichts klappte. Also probierte er es mit Anlauf. Als auch das nicht klappte, nahm er seinen Speer und hieb auf das Hindernis ein. Wie von Zauberhand glitt sein Speer Gungnir durch das Hindernis, aber als er ihm folgen wollte, prallte er wieder gegen die unsichtbare Mauer.

Wut kochte in ihm hoch. Er riss einen riesigen Stein hoch und warf ihn gegen das Hindernis. Er glitt hindurch, als ob da nichts wäre. Fast hätte der gewaltige Felsbrocken seine beiden Wölfe Geri und Freki getroffen. Heulend trollten sie sich. Sie wussten genau, wann es besser war, dem Wüterich aus dem Weg zu gehen. Doch der war noch nicht bereit aufzugeben. Er hämmerte mit seinen Fäusten und trat mit seinen Füßen fester und fester zu. Das Hindernis hielt stand.

Plötzlich bemerkte er die stechenden Augen. Es war Idun. Der Hass funkelte in ihrem Blick. Obwohl es schon länger her war, hatte sie ihm die unfreiwillige Nacht noch immer nicht verziehen. Dann sprach sie mit eiskalter Stimme. Was sie sagte, war hart und doch fand er es fair.

Sie schwor, ihm keinen Apfel mehr zu geben als Strafe für seinen schändlichen Betrug. Sie würde gern zusehen, bis er alt, grau und vertrocknet wie Dörrobst geworden wäre. Nur unter einer Bedingung wäre sie bereit, ihren Bannzauber aufzuheben, der den Hain der heiligen Äpfel vorm Allvater schützte: Nur wenn er nach Ginnungagap gehen würde und ihren Geliebten zu ihr zurückbrächte. Nur dann würde sie ihm den Zugang zu den heiligen Äpfeln wieder gewähren. Zähneknirschend willigte er ein. Was hatte er auch für eine Wahl? Er wollte nicht, dass das Alter ihn auffraß. Mit seinem blaugrauen Mantel und seinem Pferd Sleipnir machte er sich auf den weiten Weg ins Niemandsland. Ginnungagap war kein guter Ort, dass wusste jeder in ganz Asgard. Niemand ging dort freiwillig hin.

Die Völvas und Seher sagten, aus Ginnungagap wäre der Same Yggdrasils entsprungen. Aber die Wahrheit kannte niemand, denn es geschah vor unendlicher Zeit. Odin ritt bis über die Stelle hinaus, an welcher der hohe Wipfel und die Wurzeln des Weltenbaums wie eins erschienen. Er stieg von seinem Pferd Sleipnir ab und gab ihm einen festen Klaps auf den Hintern, damit er nach Hause traben würde. Er wollte sein geliebtes Pferd nicht der großen Gefahr Ginnungagaps aussetzen. Denn dieser Ort war so gefährlich, dass nicht einmal die Götter hier ohne Vorsicht hinkamen.

Auf magische Art und Weise näherte sich der Gott. Dunkle Stimmen hallten in der Luft. Odin wusste nicht, ob sie Illusionen waren oder die Reste der Seelen, die sich in der Kluft der Klüfte verirrt hatten. Der Ort strahlte etwas sehr dunkles aus, dass selbst Hels kalte Hölle wie ein sonniges Urlaubsparadies wirken ließ.

Da er nicht wusste, wie er Iduns Geliebten finden sollte, hatte er sich ein Set mit Runen mitgebracht. Er schüttelte den Beutel und griff hinein. Der Stein mit der Rune Nauthiz blitzte in seiner Hand. Das hieß selten etwas gutes und doch zeigte es ihm instinktiv, in welche Richtung er gehen musste. Desto weiter er ging, desto mehr spürte er das kalte Nichts an sich nagen. Es begann ihn aufzufressen. Er spürte es an den Armen und Beinen, aber auch in seinen Erinnerungen wühlte es und verschlang alles, was immer ihm schmackhaft erschien.

Ein dumpfer Schrei hallte in seinem Geist und ließ ihn spüren, wie viel er schon verloren hatte. Ein Blick auf seine Knie zeigte ihm, dass das rechte Knie durchsichtig geworden war. Er sah ein, dass er endgültig in der Klemme steckte. Ging er zurück nach Asgard, würde er verschrumpeln wie ein alter Apfel, dem der Saft ausgegangen war. Blieb er jedoch in Ginnungagap würde er sich stattdessen langsam auflösen. Es war die Wahl zwischen Regen und Traufe. In seiner Ratlosigkeit schrie er. So laut er konnte rief er seinen Namen. Jeder hier sollte wissen, wer er war. Außerdem hoffte er so, sich nicht zu verlieren. Er ging weiter auf die gähnende Schlucht zu, ohne mit seinen Kriegsschreien aufzuhören.

Plötzlich drang ein Stöhnen an sein Ohr. Die Stimme war ihm bekannt. Es war Iduns Geliebter. Er rief erneut. Das Stöhnen schien zu antworten. Doch es waren keine Worte. Es waren nur Fetzen von Lauten, wie sie wilde Tiere in der Nacht machten, wenn sie hungrig waren. Odin kämpfte sich weiter durch die kalte Dunkelheit. Dann sah er ihn. Es gab keinerlei Zweifel, dass das der Gesuchte war. Doch er war nicht mehr in einem Stück. Sein Körper klebte an etwas, was eine Art Stein sein könnte. Jedoch fehlten Teile seines Körpers, etwa der rechte Arm und der linke Unterschenkel. Als sich Odin umsah, sah er sie umherfliegen. Sie waren durchsichtig geworden wie sein eigenes Knie.

Es war nicht klar, wie viel Zeit Iduns Geliebter noch haben würde, bevor ihn das Nichts vollständig vernichten würde. Deshalb handelte er, wie es sich für den Allvater der Asen gehörte: blitzschnell. Er riss den Körper von Iduns Geliebtem los und klemmte ihn sich unter die Schulter. Dann schnappte er sich den Arm und das fehlende Stück Bein. Wie von der Tarantel gestochen, rannte er los. Dann spürte er das glühende Muspelsheim und das eisige Niflheim und er wusste, sie hatten es geschafft.

Wie von Zauberhand wurde sein Knie wieder fest. Auch Iduns Geliebter bekam seinen stählernen Asenleib zurück. Mit Stolz und Ehre dankte er Odin für seine Rettung aus der Kluft der Klüfte. Dann brachen sie zu ihrer Heimreise auf. Ohne Sleipnir würde es sehr lange dauern und Odin spürte immer mehr das Alter an seiner Haut und seinen Zähnen nagen. Es reichte ihm. Also nahm er seinen Speer Gungnir und schleuderte ihn in die Luft.

Mehrere Augenblicke lang geschah nichts. Die beiden Asen sahen nur wartend in die Richtung, in die Odin den Speer geworfen hatte. Auf einmal öffnete sich der Regenbogen vor ihnen. Eine helfende Hand erschien an dessen Ende. Mit brüderlichem Griff ergriffen die beiden müden Wanderer die Hand des Neunmüttrigen und er zog sie in den Regenbogen hinein. Im nächsten Augenblick waren sie wieder zuhause in Asgard.

Iduns Geliebter verlor keine Zeit und rannte zu Iduns Hain. Odin folgte ihm mit Abstand. Als er näher kam, sah er, wie die beiden sich küssend umarmten. So wie sie jetzt lächelte, dachte er wehmütig, hatte sie gelächelt, als er sie in der Gestalt ihres Geliebten getäuscht und verführt hatte. Als sie ihn sah, wurden ihre Augen erst wieder hart wie Stein.

Doch dann wurden sie weich, wie es Iduns eigentliche Natur war. Sie ging zu einem Baum, pflückte einen Apfel und warf ihn Odin zu. Dieser fing den Apfel und biss willig hinein. In diesem Augenblick wusste er, dass sich die Gefahr gelohnt hatte, Ginnungagap einen Besuch abzustatten, denn endlich wurde sein Körper wieder stark und schön. Pfeifend trat er den Weg nach Hause an.

Als er die Zipfel seiner geliebten Walhalla am Horizont auftauchen sah, schien die Welt wieder voll in Ordnung zu sein. Alles was er noch wollte, war mit seinen Einherjern zusammenzusitzen und Met zu saufen. Er stieß das Tor seiner Halle auf und wollte gerade schreien, dass er zurück war. Aber der Göttervater kam nicht dazu. Stattdessen flog ihm ein Krug ins Gesicht und knallte ihm mitten auf die Nase. Er hob an, um zu fluchen, doch auch dazu kam er nicht mehr, denn ein zweiter Krug kam geflogen und traf ihn am Kopf. Er kniff die Augen zusammen, um zu sehen, wer es wagte, ihn in seiner eigenen Burg anzugreifen. Was er sah, ließ ihm den Atem stocken.

Wütend sah er, wie sich sein Weib Frigg den nächsten Krug griff und ausholte, um zu werfen. Auch ihr Geschrei drang jetzt an sein Ohr. Was er sich einfallen ließe, sie mit Idun zu betrügen. Er schluckte und duckte sich zugleich, um dem nächsten Krug auszuweichen. Aber er kannte seine Frigg. Bei dieser Laune würde es Ewigkeiten dauern, bevor sie sich wieder beruhigt hätte. Deshalb entschied sich der alte Wandersmann zu einer Wanderung aufzubrechen, bis der Haussegen in Walhalla wieder gerade hing.

Sigyns Ruhm

In Midgard ist nur wenig über die treue Sigyn bekannt. Alles was sich die Menschen voller Ehrfurcht erzählen, ist die Geschichte, wie sie ihrem Mann Loki in seiner dunkelsten Stunde treu zur Seite stand. Zur Strafe war er in einer Höhle angekettet worden, von deren Decke Gift tropfte. Nur Sigyn war da und versuchte jeden Tropfen aufzufangen, bevor er ihren geliebten Mann verletzen konnte.

Was hingegen niemand in Midgard weiß, ist, dass sie nicht immer die treu liebende Ehefrau war. Vor sehr langer Zeit war sie nämlich als junge, wilde Walküre durch die Welten Yggdrasils gezogen und hatte sich als Asengöttin einen Namen gemacht. In ihrem Namen steckt die Rune Sig. Odin hatte sie ihr einst verliehen.

Als junge Göttin Asgards hatte sie das Feuer in ihrem Blut und den Drang, in die Welt auszuziehen. So wurde sie Odins Schildmaid und war für einige Zeit seine engste Vertraute. Im Feld kampierten sie Rücken an Rücken, um jederzeit für den Feind bereit zu sein. In den Stunden, da kein Kampf nahte, bildete Odin sie aus. Er schonte sie keineswegs. Denn bei den Asen müssen Männer und Frauen gleichermaßen kämpfen können. So ist zwar Thor der stärkste Gott der Asen, aber es gibt ein, zwei Göttinnen aus Asenheim von denen vermutet wird, dass sie noch stärker sind als der Donnergott.

Sigyn war nicht stark, dafür war sie geschickt und flink. Die Schnelligkeit ihrer Axthiebe und ihrer Schwertstöße brachten den Allvater mehr als einmal beim Training in Bedrängnis. Es kam der Tag einer der größten Schlachten zwischen den Asen und den Riesen aus Jötunheim. Die Giganten hatten ganze Bataillone aus Frost- und Felsenriesen auf die Beine gestellt. Doch das besondere an dieser Schlacht waren die Kriegsmaschinen, welche die Jötunnen angekarrt hatten. Gigantische Schleudern und Fluggeräte gab es und sie hatten riesige rollende Panzerwagen, mit denen sie in die Reihen der Asen rasten. In dieser Schlacht kämpfte auch die junge Schildmaid. Drei menschliche Tage und Nächte ging die Schlacht schon. Die Reihen der Riesen hatten sich bereits beträchtlich gelichtet und doch zeigten sie keinen Willen aufzugeben. Ihr Hass auf die Götter war so groß, dass jeder einzelne von ihnen bereit war zu sterben, ehe sie aufgeben würden.

Der Kampf mit Riesen kostete mehr Kraft als mit gewöhnlichen Wesen. Denn sie haben Kräfte, die weit über das Vorstellbare hinausgehen. Einige von ihnen könnten ganze Planeten Schultern, falls sie müssten. Da die Asen mit den Riesen die Urriesen als gemeinsame Vorfahren haben, besitzen die Riesen auch die Macht, die Asen zu töten. Denn das magische Band der Urzeit webte noch zwischen ihnen.

Zur Unkenntnis vieler sind die Riesen nicht so kalte Wesen, wie viele glauben. Obwohl kein Riese bereit war aufzugeben, egal wie groß die Verluste waren; so beobachteten die Anführer der Riesen den Verlauf der Schlacht mit Sorge. Sie könnten ohne Probleme noch viele Tage durchhalten. Doch welchen Preis müssten sie dafür bezahlen? So kam es, wie es seit alter Zeit Sitte war, dass der oberste Anführer der Riesen Odin zu einem Duell herausforderte.

Der Ase nahm an, denn auch er war des Kampfes müde und wollte keinen weiteren seiner stolzen Asen auf dem Feld fallen sehen. So kam es, dass die stolze Sigyn als Schildmaid des Allvaters ihm den Waffenrock schnürte und die Panzerung anlegte, damit er für das Duell gewappnet war.

Der Anführer der Jötnar, der Knochenbrecher hieß, trat mit einer riesigen Steinkeule an. Er gehörte zu den Bergriesen und sein ganzer Körper war aus Stein. Erst vor einiger Zeit war er auf der Bildfläche erschienen. Niemand zuvor hatte je etwas von ihm gehört; doch er war es gewesen, der das Unvorstellbare möglich gemacht und die sonst uneinigen Stämme Jötunheims zu einem Heer vereinigt hatte. Er war klug, dass sah Odin mit einem Blick und er war groß. Zu allem Überfluss bestand sein gesamter Körper aus Stein. Selbst seine flinken Schritte überraschten, denn die steinigen Bergriesen waren sonst nicht dafür bekannt, besonders schnell zu sein.

Mit höhnischen Sprüchen überzog der Riese den Vater der Asen. Jeder Spruch wurde von gigantischem Gelächter begleitet, dass aus den Reihen der Riesen kam. Odin ignorierte es. Er nahm festen Stand ein, um für den ersten Angriff bereit zu sein. Als der Riese das sah, grinste er böse.

Der Asengott gab in seinen ersten Hieben nicht alles. Sie waren nur dafür da, das Kampfverhalten des Steinernen zu erkunden. Odin wollte wissen, wie seine Reflexe waren; vor allem aber wo die Schwachstellen in seiner Verteidigung verborgen lagen. Zu seiner Überraschung fand er wenig. Einzig den linken Oberschenkel ließ er ungeschützt. Das sollte sein erstes Ziel werden. Der Allvater stürmte mit Gungnir voraus auf den Riesen zu. Er stach mehrmals in Richtung Kopf des Riesen. Mit Leichtigkeit parierte dieser. Doch das war nur eine Ablenkung gewesen, um in den Oberschenkel zu stechen. Als nächstes führte er seinen Angriff durch.

Wie durch ein Wunder drehte sich Knochenbrecher in diesem Moment zur Seite. Odins Speer stach ins Leere. Dafür war es der Riese, der erfolgreich seinen Angriff ausführte. Mit voller Wucht donnerte er seine Keule auf den Oberarm mit dem Odin seinen Speer führte. Dieser wich stöhnend zurück. Er blickte den Riesen an und in den listig, funkelnden Steinaugen erkannte er, dass die offene Deckung am Oberschenkel nur eine Finte gewesen war, in welche der Allvater wie ein blinder Narr gerannt war. Odin musste sich eingestehen, dass er das steinerne Ungetüm weit unterschätzt hatte.

Den nächsten Angriff führte der Riese aus. Mit einem gewaltigen Kriegsschrei hob er seine Keule. Aus zehntausend Riesenkehlen wurde sein Schrei erwidert. Es war so laut, dass Odin und die Asen das Gefühl hatten, die Luft würde beben. Dann rannte er los. Die Keule hielt er angriffsbereit in die Höhe. Der Allvater wählte seinen Stand, um den Hieb abzuwehren. Kurz bevor der Riese Odin erreichte, drehte er sich wie ein flinkes Wiesel. Dabei ging er tief in die Knie. Während der Drehung kam er in Odins Reichweite. Statt seine Keule von oben auf den Asen zu schlagen, ließ er sie aus der Drehung heraus sehr tief kommen.

Der Allvater war von dieser Schnelligkeit überrascht. Er hatte nicht damit gerechnet, denn noch nie hatte ein Riese sich so flink bewegt. Da seine Parade auf einen Schlag von oben ausgerichtet war, konnte er diesen Hieb aus der Drehung des Riesen nicht parieren. Ungedeckt traf ihn die Keule in die Rippen und riss ihn von den Beinen. Er flog durch die Luft. Erst ein alter Baumstumpf stoppte seine Reise. Ein dumpfes Raunen ging durchs Asenheer.

Sie hatten noch nie gegen die Riesen verloren. Jedes Mal versuchten es die Ungeheuer, doch jedes Mal scheiterten sie. Denn egal wie gut sie waren; der Allvater wusste immer einen rettenden Ausweg. Zu sehen, wie er jetzt gekrümmt am Baum lag, erschrak viele Asen. Denn von diesem Kampf hing der Ausgang der Schlacht ab.

Der Allvater besann sich seiner Stärke. Er war der erste Ase. In ihm ruhte die Macht eines ganzen Göttergeschlechts. Er rappelte sich hoch und ließ einen Kriegsschrei ertönen, welches das Mark jedes Riesen erzittern ließ. Nur Knochenbrechers Gesicht blieb ungerührt, abgesehen von seinem höhnischen Grinsen. Den Asen kümmerte das nicht. Der Schrei hatte ihm selbst gegolten, um ihn daran zu erinnern, wer er war und natürlich um eine Stärkemagie freizusetzen, die jeden seiner Hiebe um das Zehnfache steigern würde. Also raste er auf den Riesen zu und stieß mit seinem Speer wie in einem Raketenhagel zu. Seine Stöße waren hart und präzise und in den Zeiten, da er den Speer zurückziehen musste, um neu auszuholen, trat er zu, um dem Riesen keine Zeit zu lassen, selbst einen Angriff auszuführen.

Kein Sterblicher hätte der Kraft von Odins Stößen standhalten oder auch nur mit der Geschwindigkeit mithalten können. Doch Knochenbrecher schaffte es. Ihm war anzusehen, wie sehr er sich dazu anstrengen musste. Jedoch schaffte er das Unmögliche und parierte jeden Angriff des Allvaters.

Odin verzweifelte. Einen Gegner wie dieses steinerne Monster hatte er noch nie gehabt. Er ließ für einen Moment nach und parierte die wilden Angriffe des Riesen, die sofort erfolgten, als dieser seine Chance kommen sah. Während dessen überlegte er, was diesen Riesen so anders machte. Nach langem überlegen wurde ihm klar, dass es nur zwei Möglichkeiten gab, entweder er hatte dieses Monster aus Versehen bei einer seiner Reisen gezeugt oder Magie war im Spiel.

Der Riese ließ ihm keine Zeit, weiter nachzudenken. Als Odin erneut einen seiner Hiebe geblockt hatte, drehte er sich ein, um Odin mit dem Handrücken zu schlagen. Auch das schaffte der Allvater mit seiner Schulter zu blocken, die er hochgerissen hatte. Doch der Riese gab nicht auf. Er nutzte weiter die Schwungkraft seiner eigenen Drehung. Dabei näherte er sich Odin gefährlich nahe. Das nutzte er aus und gab dem Asen einen mächtigen Stoß mit seinem steinernen Kopf. Brutal vor den Kopf gestoßen, taumelte der Allvater zurück. Der Riese nutzte die Gunst des Augenblicks und trat Odin mit voller Wucht in den Bauch. Odin flog wie ein willenloser Stein durch die Luft auf das Heer der Asen zu.

Heimdall fing ihn auf, so dass ihm die Schmach erspart blieb, im Matsch zu landen. Besorgte Minen sahen den Allvater an. Die Asen hatten noch nie gesehen, wie ihr Erster von einem Riesen so verprügelt worden war. Als Odin das sah, kochte in ihm die Wut. In alter Zeit hatten sie ihn oft den Wüterich genannt. Die Jahre hatten ihn ruhiger gemacht. Doch er wusste, dass es jetzt Zeit war zu brodeln wie ein Vulkan. Blitze schossen vom Himmel herab und wühlten den Boden auf. Der Donner trommelte am Himmel und ein Wind blies plötzlich so heftig, dass alles Kriegsgerät, das nicht angebunden war, davon flog. Die Kräfte der Natur erwachten im Asen und entfesselten seinen Zorn.

Er stürmte mit voller Wucht auf den Riesen zu. Bevor er ihn erreichen konnte, zuckte ein Blitz vom Himmel und riss dem Steinernen die Keule aus der Hand. Dann erreichte ihn Odin. Mit einem gewaltigen Tritt trat er dem Riesen in den Bauch und ließ Gungnir folgen, der die linke Hand des Riesen durchstieß, die sich dieser schützend vors Gesicht gehalten hatte. Applaus hallte durch die Reihen der Asen.

Endlich war Odin wieder Herr der Situation. Er stellte sich breitbeinig hin und hob Gungnir in die Höhe. Ein Blitz zuckte vom Himmel und traf die Spitze des Speers. Mehrere Kugelblitze prallten zurück und zauberten ein Feuerwerk an den Himmel. Der Allvater wandte sich wieder seinem Gegner zu, der verletzt am Boden lag. Die Frage war, ob der Riese bereit war aufzugeben oder ob er sich weiter in den Kampf werfen wollte mit nur einer heilen Hand.

Die Augen des Steinernen funkelten grimmig. Plötzlich formte er ein fieses Grinsen. Odin folgte dem Blick des Riesen, der auf seine Hand starrte. Ihm stockte der Atem. Kleine Steinchen flogen vom Boden hoch, direkt auf die Wunde an des Riesen Hand. Wie eine Spinne ihr Netz spann, so formten die kleinen Steinchen Kreise um den Rand der Wunde. Runde um Runde schloss sich die Wunde. Als sie verschlossen war, formte der Riese mehrmals eine Faust, um zu testen, ob die Hand wieder voll funktionierte. Sein breites Grinsen verriet, dass er wieder geheilt war und Odin wusste endlich, dass Magie im Spiel war.

Knochenbrecher stand wieder auf. Er drehte sich zu seinem Riesenheer, trommelte sich mit den Fäusten auf die Brust und brüllte, als ob er der König der Welten wäre. Sein Heer war gebannt. Eben noch hatte ihr Anführer am Boden gelegen. Aber er war zurück. Nachdem sich ihr Bann gelöst hatte, drang aus jeder Riesenkehle der Kriegsschrei und ließ die Luft zittern. Selbst Odins Blitze verstummten bei diesem furchtbaren Geheul. Der Riese nutzte den Moment:

Mit einer Hechtrolle gelangte er an seine Keule. Aus der drehenden Bewegung am Boden nahm er Schwung in Richtung Odin. Fliegend aus der Luft ließ er seine Keule auf den Brustpanzer des Asen einhämmern. Diese zerbrach und riss und ließ ihren Träger ungeschützt zurück. Ein wilder Faustschlag des Riesen folgte auf die freie Brust des Asen. Der stöhnte auf, hatte aber keine Kraft sich zu sammeln. Zuerst folgte ein erneuter Hieb mit der Keule, der ihn diesmal voll auf den Kopf traf und dann noch ein gewaltiger Tritt in den Bauch, der den Allvater durch die Luft mitten in den Schlamm schickte. Regungslos blieb Odin liegen.

Der Riese riss die Arme hoch und grölte wild. Sein Herr trommelte mit den Waffen gegen Schilde und Kriegsgerät, als ob der Kampf schon entschieden wäre. Triumphierend stellte sich der Riese vor das Heer der Asen. Er lachte. Verspottete sie. Dann fragte er, ob es einen aus ihren Reihen gäbe, der sich traue, gegen ihn anzutreten. Wie gebannt von der Szene Odins, der im Matsch lag, antwortete niemand. Ein zweites Mal fragte der Riese mit höhnischer Stimme und wieder drang keine Antwort an sein Ohr. Ein drittes Mal fragte er, um sich des Sieges endgültig sicher zu sein.

Alle hielten den Atem an. Beide Heere schwiegen. War das der erste Sieg der Riesen über die Asen? Jeder fragte sich das und so zogen sich langsam Knochenbrechers Mundwinkel nach oben. Gerade wollte er sich zum Sieger erklären, da stapfte jemand hinter ihm auf den Kampfplatz.

Knochenbrecher drehte sich um, in der Erwartung einen erneuten Asen vor sich zu haben, den er in den Boden rammen konnte. Doch als er erkannte, wer sich als einziger Krieger wagte gegen ihn anzutreten, da klappte ihm die Kinnlade runter. Vor ihm stand die kleine Schildmaid Sigyn, bewaffnet nur mit einem Dolch, einer Peitsche und einem stählernen Seil, das sie um ihre Schulter gebunden hatte. Der Riese sammelte sich wieder. Er schloss seine großen Hauer und fing laut an zu lachen. Höhnisch verspottete er das große Asenheer, weil nur ein kleines Mädchen es wagte, seine Herausforderung anzunehmen.

Sigyn hielt das nicht zurück und sie sprintete los. Den Riesen ließ das kalt und er lachte einfach lauter, als die kleine Asin auf ihn zurannte. Kurz bevor sie ihn erreichte, rollte sie sich auf den Boden. Der Matsch war schön glitschig und gab ihr noch mehr Schwung. Sie rollte wie eine Weltmeisterin genau durch die breiten Beine des Riesen. Der guckte verdutzt und drehte den Kopf. Sigyn stach in dieser Zeit mit ihrem Dolch fest zu. Wie ein wilder Teufel schrie der Riese, nachdem Sigyn ihm den Fuß durchlöchert hatte. Dabei blieb sie jedoch nicht stehen: Sofort rollte sie mit Schwung von dem Riesen weg, kam rückwärts zum Riesen zu stehen, griff sich die Peitsche und aus der Bewegung heraus, welche sie hin zum Riesen machte, ließ sie die Peitsche gegen dessen riesigen Kopf knallen.

Knochenbrecher war mit seinem schmerzenden Fuß beschäftigt gewesen, so dass er die kleine Asin völlig aus den Augen gelassen hatte. Der Peitschenhieb traf ihn deshalb voll ins Auge. Ein wahnsinniger Schmerzensschrei zerriss die Luft. Der Steinerne hielt sich das Auge zu und fluchte. Instinktiv hatte er seine Keule geschwungen und geworfen. Es war ein guter Wurf. Einen langsamen Hünen hätte er sicher von den Füßen gefegt. Doch Sigyn war klein und flink. Sie wich der Keule mühelos aus und antwortete mit einem erneuten Peitschenhieb. Auch wenn der Riese diesmal ausweichen konnte, so wurde er doch immer wilder.

Wie ein wilder Stier raste er los. Er riss beide Fäuste in die Höhe und vereinte sie, damit er sie wie ein Hammer nutzen konnte. Als er Sigyn erreichte, schlug er zu. Sie drehte sich weg und rollte. Doch er klebte an ihr und schlug erneut zu. Nur knapp entkam sie dem wuchtigen Schlag. Noch dreimal schaffte es der Riese zu zuschlagen, bevor sich Sigyn wieder auf ihren Plan konzentrierte. Sie zog wieder ihren Dolch aus der Scheide und rollte wie ein flinkes Wiesel hin und her. Wie ein Hase schlug sie Haken und verwirrte den Riesen, der penetrant nach ihr schlug.

Irgendwann tat sich eine Lücke auf, die sie nutzte. Wieder rollte sie zwischen die Beine des Riesen. Der Matsch eignete sich wunderbar, um perfekt gleiten zu können. Sie passte den richtigen Moment ab und stach mit dem Dolch in seinen zweiten Fuß, wohl realisierend, dass sich die erste Wunde bereits wieder zu schließen begann. Während der Riese danach wieder mit den Schmerzen kämpfte, ließ sie erneut die Peitsche mit voller Wucht auf seinen Hinterkopf knallen.

Die Wut des Felsriesen war endgültig entfesselt. Wie ein Irrer, wenn auch humpelnd, jagte er Sigyn. Die wusste, das jetzt der entscheidende Teil ihres Plans begann. Während sie gekonnt auswich, wickelte sie das stählerne Seil von ihrer Schulter und machte eine Schlaufe an das eine Ende. Dann drehte sie sich um und wartete.

Der Riese rannte ihr entgegen. Kurz bevor er sie erreichte, sprang sie nach vorne und ließ sich wie ein Hecht über den Matsch gleiten. Die Arme hatte sie weit nach vorn gestreckt und in der Rechten hielt sie die Schlaufe. Die Glücksgöttin war mit ihr. Es klappte, wie geplant. Der Riese trat in die Schlaufe, was er selbst gar nicht realisierte, weil er nur noch rot sah. Sigyn stand wieder auf, stemmte die Beine in den Boden und zog die Schlaufe fest. Ein Ruck ging durch den Riesen. Er sah nach unten und bemerkte die Fessel. Wütend zerrte er daran. Doch es war kein gewöhnliches Seil, sondern ein durch einen Zauber verstärktes. So fest er zerrte, es löste sich nicht. Diesen Moment nutzte sie und begann im Kreis, um den Riesen zu laufen. Nebenbei peitschte sie wie wild nach dem Riesen, damit er sich ihrem Trick nicht entziehen konnte. Nachdem sie zwei Dutzend Mal um den Riesen herumgerannt war, stoppte sie.

Ein Blick zu Knochenbrecher und sie wusste, dass sie gewonnen hatte. Aus dem magischen Seil gab es kein entkommen. Sie stiefelte vorsichtig auf ihn zu. Er stand noch und zappelte. Sie gab ihm einen Tritt und er klatschte in den Matsch. All sein Fluchen und zerren half nichts. Er rekelte sich wie ein Regenwurm im Schlamm. Sigyn kam seinem Gesicht ganz nahe, woraufhin Knochenbrecher wie ein wilder Hund nach ihr schnappte. Doch auch das half nichts mehr, er hatte das Duell und damit die Schlacht verloren und das gegen ein kleines Mädchen, wie er Sigyn genannt hatte.

Die Siegesfeier in Walhalla wurde wild. Das ganze Heer war versammelt und sang Lobeshymnen auf Sigyn. Odin kürte sie und erst seit diesem Tag trug sie ihren Ehrennamen. Nach dieser Schlacht gab Odin sie als Schildmaid frei und verpflichtete sie durch die Welten zu ziehen und Abenteuer zu erleben.

Seidr

Mit dem Schwung seiner rechten Rückhand fegte er den anfliegenden Hammer weg. So etwas hatte Thor noch nie gesehen. Dieser Riese war noch ein halbes Kind und hatte doch unglaubliche Kräfte. Als er nach seinem Namen fragte, nannte sich das feurige Ungetüm Surt. Thor hätte ihm gern eine Lektion erteilt, doch er war nicht hier, um zu kämpfen und als sich plötzlich aus mehreren Seiten viele weitere Feuerriesen ankündigten, entschied er sich dazu, Heimdall zu rufen, damit er ihn nach Hause holte.

Ein unglaublich helles und buntes Licht blendete alle für einen Moment. Selbst die Riesen, die das Licht des ewigen Feuers gewöhnt waren, hielten sich schützend die Hand vor Augen. Das bunte Licht hüllte Thor ein und im nächsten Moment befand er sich neben dem Hornträger in dessen Burg. Heimdall erkundigte sich, ob der Donnerer bekommen hatte, weswegen er nach Muspellsheim gegangen war. Stolz hielt Thor das Gefäß in die Höhe, in dem die Funken wild sprühten. Das war das allerletzte Puzzlestück gewesen. Denn seine treue Frau hatte bald ihren Ehrentag und er hatte sich vorgenommen, für sie das berauschendste Fest auszurichten. Jede:r in Asgard sollte sehen, wie sehr er sein Weib liebte.

Für ihn war sie die Schönste. Sie war nicht seine erste Frau. Sein Vater hatte gar gemeint, er hätte besser eine von den Kriegswalküren heiraten sollen; aber für Thor war sie die Erfüllung all seiner Träume gewesen. Vor ihr hatte immer diese unterschwellige Wut in ihm gebrannt. Nichts hatte ihn beruhigen können. In Midgard hatte er sich mit hunderten der schönsten Menschenweiber vergnügt. Doch keine war in der Lage gewesen, sein unruhiges Herz zu befriedigen. Selbst wenn er im Kampf mit seinem Kriegshammer durch ganze Kohorten aus Riesen fegte und die übriggebliebenen mit der bloßen Hand in den Boden rammte, kühlte das nicht das furchtbar, schwelende Feuer in seiner göttlichen Brust. Erst mit der schönen Sif hatte sich alles geändert.

Ihre erste Begegnung hatte auf einem Fest von Odins Frau Frigg stattgefunden. Es war eines dieser großen, ausladenden Frühlingsfeste zu ehren der jungen Sonne gewesen. Wein war in Strömen geflossen und Körbe voll mit Früchten hatten die Gäste kulinarisch beglückt. Thor hasste diese Feste, aber er liebte Frigg. Sie war gutherzig und eine der Wenigen, die ihm das Gefühl gab, dass sie ihn verstehen würde. Was wahrscheinlich daran lag, dass er seinem Vater sehr ähnlich war.

Wie immer hatte sich Thor abseits gehalten, um den Gesprächen auszuweichen, die sich über Politik und Kleider drehten. Das angebotene Essen war genauso wenig nach seinem Geschmack wie die Gespräche. Und wäre es nicht wegen Frigg gewesen, dann wäre er lieber in die Schenke gegangen und würde sich mit Loki und den Einherjern schmutzige Witze erzählen.

Ein Blick zu Baldur und Bragi hatte ihm verraten, wie sehr manche Götter diese Feste liebten. Baldur sonnte sich im Licht der Frühlingssonne und die Augen der übrigen Gäste klebten auf ihm, weil seine magische Haut das Licht glitzern ließ. Bragi trug seine neuesten Lieder vor und ein paar junge Asen führten sein neuestes Theaterstück auf.

Jeder Moment auf diesem Fest war für Thor eine Qual. Doch Liebe, Loyalität und Pflichtgefühl waren einem wahren Asen wichtiger als kleinliches Unwohlsein. Als er dachte, es könne nicht schlimmer werden, huschte plötzlich der Reflex eines Lichtschimmers durch seinen Blick. Er sah genauer hin. Es war das schönste Haar, das er je in den weiten Welten Yggdrasils gesehen hatte. Es war lang. Es war goldblond und es strahlte reine weibliche Macht aus.

Im nächsten Augenblick war sie aus seinem Blickfeld verschwunden. Doch Thor der Krieger war nicht bereit, die Schlacht aufzugeben. Wie ein flinker Recke in seiner ersten Schlacht kämpfte er sich durch die Grüppchen aus Gästen, die überall herumstanden. Doch in einer Schlacht hätte er sich wahrscheinlich geschickter angestellt. So drang er an den Göttern vorbei. Mehrere von ihnen beschwerten sich über die Ellenbogen und Knie mit denen er sie unsanft streifte. Ein Tablett riss er aus Versehen runter. Doch er hatte keine Zeit, sich um so etwas zu kümmern. Er musste wissen, wie das Gesicht der blonden Mähne aussah. Endlich sah er ihre erste Strähne wieder.

Zögern war nicht seine Art. Er schnappte sich zwei Kelche mit rotem Wein und hielt direkt auf sie zu. Dann stoppte er. Seine Augen wurden groß. Baldur, seines Vaters schönster Sohn, war zu der Blonden getreten und kam mit ihr ins Gespräch. Es schien, als seien sich die beiden vertraut.

Thor verzweifelte. Etwas das sonst gar nicht seine Art war. Jeden konnte er locker schlagen, ausstechen oder überbieten. Schließlich war er Odins Sohn und sein Vater hatte ihn dazu gedrillt, niemals aufzugeben. Doch mit Baldurs Schönheit konnte sich kein Mann messen, kein Sterblicher und auch kein Gott. Baldur war der schönste Mann in allen Welten. Seine Laune sank in den Keller. Er sehnte sich nach einem Riesen, um sich zu prügeln.

Zum ersten Mal zog er sich zurück. Geknickt drehte er sich um, kippte die beiden Kelche Wein seine Kehle runter und watschelte los. Ein Ruf ließ ihn innehalten. Jemand hinter ihm hatte seinen Namen gerufen. Als er sich umdrehte, sah er seinen Bruder Baldur winken. Zweifelsfrei hatte er nach ihm gerufen. Er war sprachlos. Doch wie das Glück einer Schlacht sich wenden konnte, so war es auch mit dem Liebesglück. Der Donnerer war bereit seine zweite Chance zu ergreifen und endlich sah er auch ihr Gesicht.

Ihr Gesicht gefiel ihm noch besser als ihre blonden Haare. Doch das war es nicht, was dazu führte, dass er ihr von diesem Augenblick an erlegen war. In ihrer Art ihn anzuschauen und mit ihm zu reden, lag etwas, dass sein unruhiges Herz beruhigen konnte. Es war wie ein Zauber, der sich von dem Moment an um ihn gelegt hatte, da ihm sein Bruder Baldur die junge Göttin Sif vorgestellt hatte.

Ganz Asgard kannte seitdem die Liebesgeschichte der beiden. Sif war es gelungen, den unzähmbaren Donnerer zu zähmen. War er vorher stets grimmig durch Asgard gestapft, wenn er zu lange kein gefährliches Abenteuer erlebt hatte. So hatte Sifs magische Liebe ihn in einen liebenswerten Hünen verwandelt, welcher sogar begonnen hatte mit den Kindern in Asgard zu spielen, etwas das vor Sifs Zeiten undenkbar gewesen wäre.

Das alles war vor langer Zeit geschehen. Niemand konnte sich mehr an den Thor erinnern, der er vor Sif gewesen war. Jetzt war er ein reifer Gott, der sogar bei Riesen gelernt hatte, gelegentlich Gnade zu zeigen. Um das Fest für seine Seelenpartnerin auszurichten, plante er jedes Detail. Den Hauptteil der Show würden Loki und Bragi gestalten. Für das Essen waren Frigg und Idun zuständig. Tyr und Freyr würden einen Schaukampf aufführen. Das Finale würde selbstverständlich von Freya gestaltet. Seit Tagen hatte sie mit einer Schar an Asengöttinnen alles vorbereitet. Zum Schluss würde die alte, namenlose Göttin erscheinen und das Ritual des Seidr durchführen.

Das Seidr war eine besondere Art der Magie, die nur in den Reichen der Götter vollführt wurde. Sie war reiner als die Hexerei Midgards und hatte eine Macht, die unbeschreiblich war. Die namenlose Göttin war die höchste Meisterin in der Kunst des Seidr und stellte ihre heiligen Dienste den Asen und Wanen gleichermaßen zur Verfügung. Es gab in ganz Asgard keine, die jemals eine bessere Seidrspinnerin gewesen war.

Wer sich hinter der namenlosen Göttin verbarg, wusste niemand. Alle wussten nur, dass sie extrem mächtig war. Sie hörte und sah alles, obwohl ihre Augen ausgebrannte, tote Höhlen und ihre Ohren abgerissene Stumpen waren. Ihre Haut war alt. Außer der Haut Urds hatte Thor nie eine faltigere Haut auf seinen Reisen gesehen. Dennoch war sie warmherzig, aber auf eine andere Art wie eine warmherzige Mutter; weil ihre Allwissenheit sie besonders machte.

Jetzt wo er vor Heimdall stand und das magische Feuer aus Muspellsheim in die Höhe hielt, entspannte sich Thor zum ersten Mal seit Wochen. Die Vorbereitungen hatten ihn alle Nerven gekostet. Das wichtigste war gewesen, dass seine Sif davon nichts mitbekommen hatte. Deshalb hatte er abends immer so getan, als ob er vom Saufen mit Loki gekommen wäre. Dazu hatte er sich einfach ein halbes Dutzend Trinkhörner in die Kehle geschüttet, kurz bevor er in seine Burg eintrat. Sif war nicht sehr verwundert gewesen. So kannte sie ihren Mann. Liebevoll hatte sie ihn geküsst und dann ins Bett begleitet.

Auch an diesem Abend schleppte er sich nach Hause, nach dem er zusammen mit Heimdall zur Feier seines Erfolges gemeinsam dutzende Trinkhörner geleert hatte. Als Sif ihn sah, verdrehte sie kurz die Augen und hielt sich die Nase zu, weil er so sehr nach Alkohol stank. Dann küsste sie ihren sanften Hünen und brachte ihn ins Bett. Thor ließ es geschehen. Er genoss ihre Berührungen. Außerdem war er froh zu wissen, dass all die fleißigen Bienchen noch immer dabei waren den großen Festplatz auf Freyas Volksfeld zu gestalten. Denn morgen nach einem späten Frühstück würde er sie zu einem langen Spaziergang durch Asgard überreden und dann rein zufällig zu Freyas Gefilde abbiegen. Die Überraschung würde Sif sprachlos machen.

Die Nacht war kurz und ein langer Kuss weckte den Donnergott am Morgen. Als er die Augen öffnete wusste er wieder, warum er all die Mühe auf sich genommen hatte. Diese Göttin war wirklich die Erfüllung all seiner Träume. Er wusste nicht warum, aber vor ihr hatte es keine geschafft, ihn auf der tiefen Ebene zu berühren, wo sein Herz immer wild getobt hatte. Doch als sie ihn küsste, konnte er spüren, wie sich Wärme um sein göttliches Herz legte.

Der Donnerer war noch nicht bereit aufzustehen. Weder hatte er Lust, noch passte es in seinen Zeitplan. Also legte er seine gewaltigen Pranken um den Leib seines geliebten Weibes und zog sie näher an sich heran. Erst wollte sie sich wehren und aufstehen. Aber als der Donnerer gekonnt seine Zunge über ihre Lippen fahren ließ, gab sie sich dem wilden Liebesspiel hin.

Das asische Liebesspiel ist anders als das der Menschen Midgards. Die Asen sind Götter des Kampfes. So ist auch ihr Liebesspiel wilder und rauer. Etwas das auch anders ist, ist die Macht der Frauen. Nie gab es eine Zeit in Asgard, in der Frauen nicht gleichrangig sprechen und wählen durften. Sie entscheiden genauso frei wie die Männer. Aber immer war es im ganzen Asenland so gewesen, dass sobald sich die Göttinnen gegen einen zusammentaten, dass einem dann niemand mehr helfen konnte. Selbst Odin hatte sich schon oft ihrem Willen beugen müssen.

Die Kraft Sifs bei ihrem ekstatischen Tanz hatte ihm von Anfang an gefallen. Sie übernahm immer die Führung. War er der Hüne mit der grenzenlosen Kraft, so war sie die Führerin mit uneingeschränkter Macht. Er hatte die Löwin zwar zu sich rangezogen und ihr Liebesspiel begonnen. Aber als er den Hunger der Raubkatze geweckt hatte, holte sie sich die Beute und ließ keinen Fetzen Fleisch übrig.

Ihr Morgen zog sich lange hin. Nach ihrem asischen Akt lagen sie sich lange in den Armen und schmusten wie Katzen. Ihre Blicke glitten in den Himmel Asgards und sie sahen, wie sich die Regenbogenbrücke mehrmals öffnete. Sif stellte fest, dass Heimdall heute sehr umtriebig war und Thor hoffte, dass sie nicht auf die Idee kam, dass all der Betrieb nur wegen ihr da war. Schließlich gab es doch keinen noch so zärtlichen Kunstgriff, mit der er sie weiter ans Bett fesseln konnte. Sie legte seine große Pranke zur Seite, stand auf und zog sich an. Während sie ihre Kleidung anzog, beobachtete er ihre weiblichen Rundungen. Er lächelte. Das Glück war ihm treu gewesen: Diese Frau war der Beweis.

Auch der Donnerer verließ seine Bettstatt. Er zog seinen schönsten Harnisch an und flocht sich das Haar. Sif war verwundert, wie gut er sich heute anzog. Er versuchte auszuweichen und schob es auf das herrliche Wetter. Sie verdrehte die Augen. Ein Blitzen in ihrem Blick ließ ihn fürchten, dass sie doch etwas bemerkt hatte. Doch sie ließ es sich nicht anmerken, als sie zusammen an der großen Tafel frühstückten.

Kaum dass Thor seinen großen Magen gefüllt hatte, kam er wieder auf das Wetter zu sprechen und wie viel Lust er verspürte, mit ihr einen Spaziergang zu machen. Wieder war Sif kurz verwundert. Normalerweise musste sie ihn dazu prügeln, mit ihr durch die Haine Asgards zu schlendern. Er merkte, wie sie ihn für einen Moment zu lange anschaute, als ob sie grübelte, was sich hinter dem Verhalten ihres Mannes verbarg.

Als sie durch das große Tor ihre Burg verließen, glänzte Sifs goldenes Haar im Schein der magischen Sonne Asgards. Kurz löste sie sich von seiner Hand und tanzte einige freie Schritte über ihr heiliges Feld. Der Donnergott verfolgte ihre grazilen Bewegungen und er spürte, wie er neugierig wurde auf Sifs Reaktion, sobald sie Freyas Volksfeld erreicht hätten.

Sif hakte sich wieder bei ihrem Mann ein. Entspannt schlenderte sie an ihrem Feld vorbei und durch die asische Landschaft. Sie passierten den Rand der Regenbogenbrücke, sahen Odins Halle und trafen einige alte Freunde. Alles wirkte ganz normal. Auch Thor hatte sich erst einmal nur mit ihr Treiben lassen. Doch jetzt spürte er, dass die Zeit gekommen war. Also lenkte er ihre Schritte zu den Hügeln, hinter denen die Feiernden warteten.

Desto näher sie kamen, desto mehr wusste Thor wieder, wie sich kleine Kinder vor einer großen Überraschung fühlen mussten. Es kribbelte überall in seinem göttlichen Körper. Wahrscheinlich hatte er schon einen roten Kopf wie eine Feuertomate. Erst als er Sif ansah und kurz auf die Wange küsste und sie so reagierte, als ob alles normal wäre, wusste er, dass er sich das nur einbildete.

Das Huschen am Rand hinter einem Hügel hatte er sich jedoch nicht eingebildet. Denn einige junge Asenkinder spielten Späher. Sie liebten dieses Spiel und hatten sich rund um die Hügel von Freyas Volksfeld auf die Lauer gelegt, damit sie Bescheid geben konnten, sobald sich die blonde Göttin näherte. Das Huschen hatte ihm verraten, dass ein Asenkind jetzt zum Volksfeld rannte und alle informierte. Alles wäre also vorbereitet, wenn sie dort ankämen.

Der Donnergott lächelte. In seiner Vorfreude umarmte er seine Frau, hob sie von den Füssen und drehte sie im Kreis. Als er sie wieder absetzte, gab er ihr einen langen Kuss. Dann lief er beschwingt weiter. Sif blieb wie angewurzelt stehen. So viele Emotionen war sie von ihrem Mann nicht gewohnt. Tatsächlich musste es einen Grund haben und sie nahm sich vor, es aus ihm herauszukitzeln.

Der letzte Hügel, der zwischen ihnen und dem Volksfeld lag, schnitt in den Horizont. Bei jedem Schritt wurde mehr von der legendären Ebene sichtbar, die zu Freya gehörte. Thor konnte schon die Wipfel sehen, die mit bunten Fahnen behangen waren. Mit einem Mal öffnete sich ihr Blick auf die weite Ebene des Volksfeldes. Jetzt sahen sie die Masse an Leuten, die auf sie warteten. Odin und Frigg bildeten die Speerspitze der Göttergruppe. Thor lugte zu Sif und sah wie sie lachte. Als sie die Gruppe erreichten, brach ein großer Jubel aus. Angeführt von den jüngsten Asen ging der Jubel in Siegesrufe von Sifs Namen über. Sif lachte und ließ sich der Reihe nach umarmen. Als es allen zu lange dauerte, drängelten sie vorwärts. Auf einmal umarmten sie zwanzig Götter gleichzeitig. Kaum einen Augenblick später hoben sie

sie in die Höhe. Über ihren Köpfen hinweg reichten sie die blonde Göttin weiter, so dass jede:r der es wollte, ihr seinen Segen schenken konnte.

Schließlich waren es Loki und Bragi, die das Schauspiel beendeten. Denn sie würden den ganzen Tag moderieren. Sie ergänzten sich gut. Während Bragi ernst war und wusste, wie er mit Wörtern geschickt und charmant umzugehen hatte, um die richtige Wirkung zu erzielen; glänzte Loki durch Witze, die viele Lacher im Publikum auslösten, auch wenn sie schmutzig waren. Sie eröffneten das Programm mit den jüngsten Asengöttern. Sie zeigten eine atemberaubende Akrobatik. In wilden Sprüngen und Flügen rauschten sie durch die Luft und zauberten die tollsten Figuren.

Nach einem tosenden Applaus beruhigten die beiden Moderatoren ihr göttliches Publikum. Mit wirbelnden Trommeln kündigte Bragi als nächstes die beiden größten Kämpfer Asgards an. Bei Thor löste diese Ankündigung kurz Nasenrüffeln aus, doch dann lachte er und sah zu wie Tyr und Freyr den Kampfplatz betraten. Beide waren in sehr schwere Rüstungen gepackt. Tyr trug einen Morgenstern und ein Schwert mit Widerhaken. Freyr trug sein Schwert und ein großes Prunkschild mit einem feuerspeienden Drachen drauf.

Tyr eröffnete den ersten Kampf mit einem schweren Hieb seines Morgensterns. Erst hatte er ihn in der Luft kreisen und dann auf Freyr schnellen lassen. Dieser wehrte es mit seinem Schild ab. Schon der erste Schlag zerstörte das Schild. Holzsplitter flogen durch die Luft. Freyr warf es zu Boden und lächelte. Nur mit seinem Schwert fühlte er sich vielmehr in seinem Element. So wehrte er den zweiten Hieb mit dem Morgenstern federleicht ab und verwandelte mit ein paar

Schwüngen die Abwehr in einen Angriff, den Tyr nur knapp parieren konnte. Freyr war ein zu guter Kämpfer, um auch nur die kleinste Chance ungenutzt zu lassen. Er ließ sein Schwert durch die Luft in einem steilen Winkel kreisen und schlug erneut zu. Tyr parierte erneut wie geplant, was Freyr nutzte, um ihm in den Bauch zu treten. Tyr riss es von den Beinen und Freyr nutzte den mangelnden Stand seines Gegners und schlug ihm den Morgenstern weg.

Jetzt standen sich die beiden Schwertmeister gegenüber. Tyr führte sein Schwert mit links, während Freyr beidhändig sein legendäres Schwert angriffsbereit festhielt. Einige Momente taxierten sich die beiden nur. Jede:r Ase hatte sich schon in Duellen beweisen müssen und wusste, wie wichtig diese Momente waren. Oft wurde in diesen kurzen Pausen die Strategie gewählt, die über Sieg oder Niederlage entschied. Zur Überraschung aller war es Tyr, der sich zuerst aus seiner Erstarrung löste. Das war sonst nicht die Art des erfahrenen Kriegers. Er stürmte mit wildem Eifer los und teilte über zwanzig brutale Hiebe aus, die Freyr jedoch gekonnt parierte. Den letzten Hieb ließ der Wane einfach ins Leere laufen, so dass der alte Gott vorwärts stolperte. Der Wane gab ihm mit dem Knauf seines Schwertes einen brutalen Schlag auf den Rücken und der Ase landete im Matsch. Ein Raunen ging durch die Menge. Denn für viele war Tyr der Favorit dieses Duells gewesen. Der Wane lachte und zögerte nicht lange. Wie von Zauberhand drehte er sein Schwert und stach es mit chirurgischer Präzision in den Rücken Tyrs.

Kein Schrei entglitt Tyrs Kehle. Er ertrug den Schmerz demütig. Das Duell hatte er verloren. Damit der Geschlagene wieder aufstehen konnte, musste erst das Schwert wieder rausgezogen werden. Als Freyr das tat, spritzte Tyrs Blut durch die Gegend. Doch auch diesmal blieb Tyr stumm. Idun kam herbeigeeilt und gab dem Einhändigen einen feuerroten Apfel. Mit Schmackes biss er hinein. Unter einem roten Lichtschimmer schloss sich seine Wunde und das vergossene Blut verwandelte sich in Blütenblätter.

Die zweite Runde fand auf magischen Pferden statt. In fünf Durchgängen war es wieder Freyr, der sich durchsetzte. Alle fragten sich, ob er es auch schaffen könnte, im dritten Duell siegreich zu sein. Diesmal würden die zwei Götter splitterfasernackt kämpfen. In einer Kuhle aus Sand war ein Kreis eingezeichnet. Die beiden Kämpfer musste sich aus dem Kreis werfen oder zum Aufgeben zwingen. Dabei gab es keine Einschränkungen. Jeder Schlag, Tritt oder Wurf war erlaubt. Diese Art des Duells galt für viele Asen als die Ehrlichste, auch weil sie so unvorhersehbar war. Schon eine kleine Brise des Sandes in den Augen des Gegners konnte das Kampfglück wenden. Tyr ließ vom ersten Schlag an keinen Zweifel aufkommen, dass das sein Element war. Das wilde animalische in ihm lebte in diesem Moment auf. Denn er war so alt, dass es außer Urd wahrscheinlich nicht viele gab, die vor ihm dagewesen waren. Er degradierte Freyr zu einem bloßen Statisten. Er schlug, er würgte und trat. Bevor er Freyr wie ein Kissen aus dem Kreis warf, brach er ihm noch das Rückgrat, indem er ihn gezielt auf sein Knie schleuderte. Es knallte laut als Freyr auf einem Festtisch zum Liegen kam. Idun kam sofort angerannt und flößte ihm ihren frisch gepressten Apfelsaft ein.

Loki und Bragi übernahmen wieder die Führung. Sie gaben allen Zeit für einen kleinem Snack und viel Wein. Danach würde Bragis neuestes Stück gezeigt werden. Alle stürmten zu den festlich gedeckten Tischen. Thor verlor seine Sif aus den Augen. Eine große Menge Göttinnen nahm sie in Beschlag. Jede wollte heute neben ihr stehen. Stattdessen stand er allein am Rand, wie er es früher auf solchen Veranstaltungen getan hatte. Nur diesmal fühlte er sich nicht fehl am Platz. Dafür schaute er zufrieden über Freyas Volksfeld: Alles hatte bisher super geklappt.

Bragis Stück war eine Offenbarung der unerklärlichen Mysterien. Mithilfe magischer Tricks und dank der tollen Leistung der Schauspieler erlangte jede:r Zuschauer einen tiefen mystischen Einblick. Selbst Odin war begeistert. Dann übernahm Bragi das Mikro erneut. Zuerst bedankte er sich beim Publikum und allen Beteiligten. Dann kündigte er an, dass sie jetzt Zeit hätten für das Buffet. Danach würde der Hauptteil des Abends beginnen.

Alle labten sich. Gesprochen wurde nicht viel. Das Stück Bragis klang noch in ihnen nach. Mehr noch war aber der Grund, dass gleich die unbekannte Göttin erscheinen würde. Der Donnergott stand jetzt ganz nah bei seiner Frau. Er sah allerdings zum anderen Ende des Feldes, wo er Heimdall hantieren sah, wie er das große Feuerwerk aus Muspellsheim vorbereitete.

Plötzlich ging eine Druckwelle durch die Menge und die Erde bebte. Nebel bildeten sich zwischen ihnen und zugleich zogen über die Hügel riesige, mysteriöse Nebelschwaden heran und sammelten sich in der Senke des Volksfeldes. Ein Wirbel entstand in der Mitte des Feldes. Zwei gigantische Arme aus Nebelschwaden bildeten sich und die Symbole leuchtender Runen und Sigillen flogen aus dem Wirbel heraus und schwebten bedrohlich in der Luft.

Der riesige Kopf einer alten Frau entstand. Mit glühenden Augen blickte sie auf die versammelten Götter herab. Ein wahnsinniger Blitz zerriss die Luft und im nächsten Moment war der riesige Kopf verschwunden und vor ihnen stand eine alte Frau in einem langen schwarzen Umhang, die sich auf ihren alten Holzstock stützte. Ihr zahnloses Kichern war angsteinflößend, obwohl es sicher nett gemeint war. Die jüngsten Asenkinder versteckten sich verunsichert hinter ihren Eltern. In den Falten der Alten schienen sich ganze Weltzeitalter zu verstecken. Sie stellte sich vor die Gruppe, bis sie sich sicher war, dass ihr jedes Asenauge gehörte. Dann hob sie langsam ihren krummen Holzstab, bis die Spitze waagerecht in der Luft stand.

Zweifelsfrei zeigte sie auf Sif und Thor. Die beiden sahen sich an und lächelten schüchtern. Eine Bewegung des Stabes der Alten zeigte ihnen, dass sie zu ihr kommen sollten. Also verließen die beiden die Gruppe ihrer göttlichen Sippe und traten vor die namenlose Göttin.

Das Echo vieler Stimmen erklang in ihren Ohren und bebte über den Platz. Es kam zweifelsfrei von der Namenlosen, auch wenn sie ihren Mund nicht bewegte. Ihre glühenden Augen ruhten auf dem Liebespaar. Mit einer schnellen Bewegung rammte sie ihren Stab in den Boden, sodass er allein stand. Als nächstes hob sie langsam ihre Arme. Der Umhang gab die Hände frei, an denen Finger hingen, die so dünn und ausgezehrt waren, dass sie wie von einem Skelett aussahen. Sie machte zwei Schritte vor und berührte die Aura des asischen Götterpaares. Im selben Moment zuckten purpurne Blitze vom Himmel und laute Donner hämmerten über ihnen. Der Wind verwandelte den Platz in ein Inferno und wehte das Buffet und alle Tische davon. Die Asen blieben stumm stehen, keiner von ihnen wollte es verpassen. Denn als die Hände der namenlosen Göttin Sif und Thor berührt hatten, begannen diese transparent zu werden. Wie ein Koch mit einem Rührstab begann die Alte ihre Finger zu kreisen.

Die Formen von Sif und Thor verschwammen zu einem Einheitsbrei. Ein buntes Potpourri aus Farben entstand, da wo gerade noch das asische Liebespaar gestanden hatte. Immer schneller wirbelte die Namenlose, dass es selbst dem flinken Loki schwerfiel mitzuhalten. Ein Tornado entstand. Blitze zuckten vom Himmel herab und die Erde bebte. Jede:r Ase spürte, wie das große Seidr der alten Heiligen ein neues Süppchen kochte.

Plötzlich entstand ein strahlender Kugelblitz im Zentrums des Wirbels und explodierte. Er fegte eine universale Energie über den Platz. Alles wirbelte auf und mehrere Asenkinder wurden sogar über den Platz geweht. Als sich nach einiger Zeit alles wieder beruhigt hatte, sahen die Asen erneut zu der Stelle, an der die namenlose Göttin gestanden hatte. Sif und Thor waren zurückgekehrt. Doch sie waren nicht allein. Das Seidr hatte funktioniert: In ihren Händen hielten sie ihre neugeborene Tochter Thrud. Als Heimdall das Kind des Seidr sah, zündete er das magische Feuerwerk an. Unter dem tosenden Applaus der Asen und dem lodernden Feuer Muspellsheims wurde das neueste Mitglied der Asensippe begrüßt.

Odinssöhne

Sie alle trafen sich zu später Stunde und keiner von ihnen wusste warum. Da waren Thor, Baldur und Bragi. Auf der anderen Seite standen Vali, Vidar und Hödur und dann war da noch ein unbekannter Halbgott, der erbärmlich nach der Menschenwelt stank. Keiner von ihnen wusste, warum sie hier waren. Nur das Odin sie alle gerufen hatte, war ihnen klar. Mittlerweile warteten sie schon eine gefühlte Ewigkeit und wenn sie nicht Odin mit der Weisung gerufen hätte, dass es dringend sei, dann wären sie alle schon wieder gegangen, um sich in der nächsten Schenke zu betrinken. Auf einmal betrat Kvasir die heilige Halle der Gefallenen. Thor zog seine Brauen hoch, denn er wusste, der Weise kam nur bei ernsten Angelegenheiten. Er stellte sich in die Mitte der drei kleinen Gruppen und bat um Aufmerksamkeit. Dann erklärte er ihnen den Grund, weswegen sie sich alle hier versammelt hatten. Odin wollte, dass sie sich miteinander maßen, um herauszufinden, wer der Beste seiner Söhne war. Es gab mehrere Prüfungen und Kvasir sollte sie bei allen begleiten und bewerten, wer jeweils der Sieger war.

Keiner war wirklich überrascht von dieser Idee ihres Vaters und doch wirkten sie verwundert. Zum einen überraschte es sie, dass der Allvater selbst nicht anwesend war. Zum anderen verwunderte sie die Nachricht, dass der Halbling ein Sohn Odins war, welchen er auf einer seiner Reisen gezeugt hatte. Kvasir stellte ihn als Hermann den Germanen vor. Nach einem kurzen Moment des Beschnupperns gaben sich die Odinssöhne einen Stoß und begrüßten den neuen Bruder mit kräftigen Handschlägen und familiärem Schulterklopfen. Jeder war in der Sippe willkommen, auch wenn jeder wusste, dass sie sich bei diesem Wettkampf nichts schenken würden. Denn siegen zu wollen, lag ihnen im Blut.

Damit waren sie wieder bei Kvasir dem Weisen. Er schien nur darauf gewartet zu haben und schnipste in die Luft. Sofort öffnete sich die Regenbogenbrücke und verschluckte jeden einzelnen von ihnen. Als das Licht nachließ, befanden sie sich einer Savanne. Wie ihnen Kvasir erklärte, waren sie hier, um sich mit den stärksten Löwen zu messen, die in Midgard zu finden waren. Es würde ein Wettkampf ohne Waffen werden. Allein die bloßen Händen durften eingesetzt werden.

Auch für Götter war der Kampf mit einem Löwen kein Kinderspiel. Sie konnten ihnen böse Wunden zufügen. Als Kvasir dann nach dem ersten Freiwilligen fragte, waren es nur zwei Hände, die in die Luft schnellten. Keiner der Anwesenden war überrascht, dass einer von ihnen Thor war. Doch über den zweiten Freiwilligen wunderten sie sich sehr. Es war Hermann der Halbgott.

Thor ließ es sich nicht nehmen, als erster gegen den König des Dschungels zu kämpfen. Er legte sogar seinen edlen Harnisch ab und präsentierte stolz seine Brust. Wie ein Gorilla schlug er drauf und ließ sein Gebrüll erschallen. Er stand den Löwen in nichts nach. Dann erschien der erste Löwe. Er wurde von zwei Wärtern an einer Kette in eine improvisierte Kampfarena geführt und fauchte wild.

Thor betrat den Kampfkreis und aus sicherer Entfernung beobachteten sich die beiden Raubtiere. Auf der einen Seite stand der Gott des Donners, auf der anderen Seite thronte der König des Dschungels mit seiner wilden Mähne. Dann hatte der Löwe genug vom Warten und attackierte den Donnerer. Gekonnt wie eine Gazelle wich der Donnergott aus und gab der Raubkatze einen Tritt auf den Hintern. Wütend fauchte der Löwe und riss seine Pranke herum.

Thor hatte die Sache nicht ernst genug genommen. Das Tier überraschte ihn mit seiner Wendigkeit und zerriss mit seinen scharfen Krallen sein Beinkleid. Tiefe Schnitte waren auf dem göttlichen Oberschenkel zu sehen. Sie glänzten rubinrot. Der Löwe war williger, als gedacht und ließ seine Reißzähne folgen. Nur mit Mühe wehrte Thor sie mit seinen Armschienen ab und rollte sich nach hinten, um aus der sicheren Distanz heraus sein weiteres Vorgehen zu planen.

Kvasir zog die Augenbrauen hoch. Auch die anderen Odinssöhne waren von ihrem Primus enttäuscht. Scheinbar hatte er die Aufgabe unterschätzt und für seinen Hochmut den Preis bezahlt. Thor schien zu spüren, wie deren Blicke auf ihm brannten. Grimmig stellte er sich breitbeinig hin und brüllte laut. Was der Löwe ebenfalls mit einem Brüllen erwiderte. Dann rannten beide aufeinander zu.

Es knallte furchtbar als die imposanten Alphamännchen aufeinander prallten. Thor der Donnergott war nicht bereit eine weitere Schmach hinzunehmen. Deshalb musste das arme Tier seine göttlichen Tritte und Schläge einstecken, bis Thor es schließlich schaffte, seinen Arm um den Nacken des Löwen zu spannen. Mit aller Kraft drückte der Asengott zu, bis die Raubkatze ohnmächtig zu Boden ging.

Kvasir rümpfte die Nase, als Thor zu ihnen zurückkam. Er hatte mehr vom legendären Donnergott erwartet. Hermann schickte sich an, als zweiter zu starten. Zwei Männer führten einen neuen Löwen in die kleine Kampfarena. Hermann ließ seinen Harnisch an, jedoch zog er seine Stiefel aus. Mit festem Stand im Sand trat er das Duell gegen das Raubtier an.

Dieser Löwe war weniger geduldig, dafür war er größer als der Löwe, gegen den Thor gekämpft hatte. Doch den beiden Angriffen, die der Löwe hintereinander gegen Hermann ausführte, wich der Halbling einfach aus. Beim Zweiten war er sogar einfach in die Luft über das Tier drüber gesprungen. Dann griff der Löwe das dritte Mal an. Lächelnd wartete der Halbgott. Dann schlug er zu. Seine stählernen Faust krachte auf die majestätische Schnauze der Raubkatze. Dieser Schlag stoppte den Lauf des Löwen und schleuderte ihn rückwärts durch die Luft. Ohnmächtig blieb der Löwe liegen.

Unter den anerkennenden Blicken seiner göttlichen Brüder ging Hermann zurück zu Kvasir. Selbst Thor lobte ihn. Dann traten die anderen an. Keiner von ihnen reichte an die Leistung Hermanns heran. Sodass Kvasir ihn zum Sieger des ersten Duells erklärte. Dann schnipste er wieder und die Regenbogenbrücke öffnete sich erneut.

Als das bunte Licht verschwand, standen sie an der Klippe eines weiten Ozeans. Kvasir stellte sich an den Rand auf eine große Felserhöhung. Er erklärte die nächste Aufgabe: Njord der Gott des Meeres hatte irgendwo eine purpurne Perle versteckt. Wer sie als erster finden würde, hätte diese Prüfung gewonnen. Außer Njord schien niemand zu wissen, wo die Perle versteckt war. Der Gott der Meere gab ihnen nur einen Hinweis: Die Perle sollte dort verborgen liegen, wo sich Menschen und Meereswelt trafen.

Thor zögerte keine weitere Sekunde. Er rannte zur Klippe. Mit einem gewagten Hechtsprung sprang er hinunter. Die anderen gingen zum Rand und sahen wie er mehrere dutzend Meter weiter unten spritzend ins Wasser tauchte. Ohne zu zögern, folgten die anderen Odinssöhne ihm. Das Wasser war keines der asischen Elemente und so kämpften sie sich tapfer durch die Strömung hinaus aufs offene Meer. Dabei grübelte jeder über den Hinweis des Meeresgottes Njord nach.

Vali und Vidar beschlossen einem Schwarm Delphine zu folgen, weil sie hofften, der Meeresgott würde durch sie mit ihnen sprechen. Thor schwamm mit Bragi und Hödur in die Tiefe. Sie glaubten, dass die Antwort nur in versunkenen Schiffen liegen konnte. Diese sanken schließlich auf den Grund und sie waren im Meer und stammten aus der Welt der Menschen. Sie hofften, desto tiefer sie tauchen würden, desto wahrscheinlicher würden sie die Perle finden. Baldur und Hermann blieben etwas ratlos zurück. Baldur schwamm vor sich her und genoss das hellblaue Wasser. Als sie einige Korallenriffe fanden, unternahmen sie einen Versuch dort nach der Perle zu tauchen.

Das Korallenriff war farbenfroh. Alles leuchtete. Es gefiel Baldur sehr. Sowieso waren diese Wettkämpfe nichts für den schönen Gott. Sollten sich seine göttlichen Brüder um den Sieg streiten. Er liebte die schönen Dinge im Leben wie das Sonnenbad an einem schönen Strand. Kaum dass er das gedacht hatte, fiel ihm eine kleine Sandbank auf, die in der Ferne aus dem Wasser ragte. Baldur schwamm dorthin und Hermann folgte ihm, weil er unsicher war, was er sonst tun sollte.

Der Sand war weich und die kleinen, hellblauen Wellen erzeugten ein entspanntes Rauschen. Baldur ließ sich in den Sand fallen und fing an zu dösen. Hermann saß ein wenig unschlüssig da. Er war nur mit Baldur geschwommen, weil die anderem ihm zu schnell geschwommen waren. Wasser war nicht sein Element. Jetzt war er hier auf dieser Sandbank und hatte keine Ahnung, wo er die Perle finden könnte. Plötzlich schoss ein Geistesblitz durch seinen Kopf.

Augenblicklich begann er zu graben. Er wühlte wie ein Verrückter. Er schaufelte den Sand hoch und legte kleine Berge an. Leider fand er nichts und er glaubte wirklich schon verrückt zu sein. Plötzlich schnarchte Baldur und Hermann wurde klar, dass er noch eine Chance hatte. Sanft versuchte er den schönen Gott zu wecken. Als der sich nicht rührte, schrie er. Wieder regte sich Baldur nicht. Also trat er zu. Doch selbst danach regte sich der Schönling nicht. Also rollte er ihn kurzerhand zur Seite. Erst drehte er ihn, dass er auf dem Bauch lag; was die erste Reaktion des Schlafenden auslöste, da er plötzlich Sand im Mund hatte. Dann drehte er ihn ein zweites Mal um, so dass er wieder auf dem Rücken lag.

Baldur rekelte sich mittlerweile; aber das war Hermann egal. Diese Stelle war seine letzte Chance. Also buddelte er wie ein guter Maulwurf. Erst schaufelte er den feinen, trockenen Sand zur Seite. Dann kam der feuchte Sand darunter zum Vorschein. Schicht um Schicht trug er ab. Er verzweifelte. Sie war nicht da. Selbst der erwachte Baldur schüttelte den Kopf. Es half nichts, noch ein letzter Versuch, dann musste er aufgeben. Vielleicht hatte Baldur recht und sie sollten einfach die Sonne genießen.

Ein letztes Mal grub er seine Hand in den Sand, dann stockte er. Seine Finger waren gegen etwas hartes gestoßen. Er betastete den Gegenstand genauer. Er war viel zu glatt für einen rauen Stein. Hoffnungsvoll hob er den Sand weg und da war sie. Milchig lila glänzte ihn das Rund der riesigen Perle an. Er schaufelte die Ränder frei. So dass die gesamte kleine Kugel zum Vorschein kam, die immerhin doppelt so groß war wie seine Hand. Dann nahm er die Perle heraus und hielt sie wie ein Sieger empor in die Luft. Im gleichen Augenblick trafen ihn und den schönen Baldur die Strahlen des Regenbogens.

Als das Licht des Regenbogens verdampft war, standen sie wieder auf der Klippe. Während Hermann und Baldur voller feinem Sand waren, waren die anderen Odinssöhne klitschnass. Verwundert sah sich jeder von ihnen um, bis sie in Hermanns Hand die Perle entdeckten. Alle außer Baldur bekamen große Augen. Vali und Vidar waren die ersten die sich aus dem Bann lösten. Sie gingen zu Hermann und klopften ihm anerkennend auf die Schulter.

Kaum einen Augenblick später verschluckte sie der bunte Regenbogen wieder. Als das Licht verschwand, standen sie inmitten eines Burgplatzes, der voll mit Marktständen und Händlern war. Kvasir gab ihnen kurz Zeit, sich umzusehen, dann erklärte er ihnen die nächste Aufgabe. In der Burg gab es ein Burgfräulein, das dafür bekannt war, dass sie jeden Freier abwies. Selbst die besten erhielten nicht mehr als ein Taschentuch von ihr. Genau darin sollte ihre neue Aufgabe bestehen: Jeder Odinssohn sollte beweisen, wie gut er in der Kunst der Verführung war.

Wieder war es Thor, der sich bereit erklärte, als erster zu starten. Er zog mit gestählter Brust los in dem Glauben, dass ihm keine Maid Midgards widerstehen konnte. Doch der Donnergott blieb nicht lange weg. Schon nach kurzer Zeit kam er zornig zurück. Auf seiner Wange prangte der rote Abdruck einer Damenhand. Vali und Vidar konnten sich das Lachen nicht verkneifen. Sie waren auch die nächsten die gingen, aber kurze Zeit später ebenfalls ohne Taschentuch zurückkamen; allerdings ohne eine Ohrfeige kassiert zu haben.

Bragi hatte die Zeit genutzt, um sich vorzubereiten. Mit einigen frischen Reimen und den Klängen seiner Laute ging er gut gelaunt los. Er ließ seine Brüder nicht lange warten. Mit breitem Lächeln kam er zurück und hielt triumphierend das Taschentuch des Burgfräuleins in der Hand. Ihm folgte Baldur, der auch mit einem Taschentuch zurückkam, ganz anders als sein blinder Bruder Hödur. Der letzte in der Reihe war Hermann.

Angesichts der großen Zahl an Odinssöhnen, welche leer ausgegangen waren, glaubte er nicht daran, dass es ihm gelingen würde, das Burgfräulein zu bezirzen. Weder hatte er das dichterische Talent Bragis, noch die Schönheit Baldurs. Schon von weitem sah er die Schlange an Jünglingen, die vor dem reich verzierten Fenster eines Turmes warteten. Brav stellte er sich hinten an und sah dem Schauspiel zu. Alle paar Minuten öffnete sich das Fenster. Dann sah das schöne Burgfräulein, dass wirklich ihrem Ruf gerecht wurde, heraus und hörte sich die Liebesbeichte eines der Herren an oder nahm teure Geschenke entgegen. Bei keinem der Männer, die vor ihm in der Reihe standen, vergab sie mehr als ein hochmütiges Augenverdrehen.

Dann war er an der Reihe und hatte keine Ahnung, was er tun sollte, um eines der Taschentücher zu ergattern. Jeden Augenblick konnte sich das Fenster öffnen und die holde Maid sich seinen Liebesschwur anhören. Doch konnte er besser sein als die Männer vor ihm in der Reihe, die sich wirklich gut geschlagen hatten, aber dennoch abgewiesen worden waren?

Das Fenster öffnete sich und die schönsten blauen Augen, die er jemals gesehen hatte, klimperten ihn an. Kurz war er sprachlos, dann sammelte er sich wieder und erzählte der holden Maid ehrlich die gesamte Geschichte. Er berichtete von dem Wettkampf der Brüder und dem Kampf gegen den Löwen und der Suche nach der Perle im Meer. Als er fertig war, sah er sie abwartend an. Sie schaute zurück und lächelte freudig. Dann bedankte sie sich freundlich, dass er sie mit seiner Geschichte so gut unterhalten hatte und warf ihm ein Taschentuch zu.

Als er zurückkam, wurden die Augen seiner Brüder groß. Selbst Kvasir fand anerkennende Worte. Niemand hätte gedacht, dass ein kleiner Halbgott eine Frau solches Kalibers verführen konnte. Dann wurde es Zeit für das nächste Duell und der weise Kvasir rief Heimdall. Der verschluckte sie mit seinem Regenbogen und kaum einen Augenblick später fanden sie sich in einer Arena wieder.

Kvasir erklärte ihnen, dass sie sich als nächstes gegenseitig im Ringkampf messen mussten. Alle sahen zu Thor und der freute sich wie ein kleines Kind. Selbst Kvasirs Mimik verriet, dass er sicher war, dass Thor gewinnen würde. Dann teilte Kvasir sie in Kampfpaare ein. Vali sollte zuerst gegen seinen Bruder Vidar antreten. Thor hintereinander gegen Baldur und Bragi und Hermann gegen Hödur. Hödur war es, der überraschenderweise beginnen wollte und so stellten sich Hödur und Hermann in den Kreis der Arena. Das Duell war für alle ungewiss. Hödur war blind, doch auch bekannt für seine gewaltigen Pranken. Hermanns Stärke kannte niemand. So setzten sich alle hin und erwarteten mit Spannung das erste Duell.

Hermann wollte nichts anbrennen lassen. Ein schneller Sieg gegen den blinden Hödur war einfach besser als ein langer kräftezehrender Kampf. Er rannte los und eröffnete den Kampf mit einem brutalen Tritt. Dann schlug er fünfmal zu und wollte dann abtauchen und Hödur an den Knie greifen, in die Luft reißen und zu Boden werfen. Der Plan schien zu klappen. Der Tritt saß treffsicher. Die Schläge schlugen ein wie Trommelfeuer und Hödur musste zurückweichen und seinen Stand aufgeben. Doch ein Ase schult sich ein Leben lang im Kämpfen und so lachte er nach dem letzten Schlag und holte mit seiner Rückhand aus. Hödurs gewaltige Pranke traf Hermann von oben auf den Kopf und beförderte ihn brutal zu Boden. Er hatte den blinden Gott unterschätzt. Der ließ nicht viel Zeit verstreichen und trat ungesehen dorthin, wo Hermann am Boden lag.

Der Tritt ging direkt in den Bauch und vergrub sich tief in Hermanns Bauchhöhle. Der Halbling schrie vor Schmerzen. Hödur wartete nicht lange und trat erneut zu. Hermann rollte sich ängstlich zur Seite und der Tritt ging ins Leere. Doch das Knistern der Sandkörner verriet seine Position. Hödur sprang hoch in die Luft und landete mit beiden Knie auf Hermanns Oberkörper. Der schrie erneut auf, sammelte sich aber sofort wieder und riss sein Becken hoch, so dass Hödur nach vorne über in den Sand kippte. Beide Kämpfer lagen jetzt am Boden.

Hermann sah nur eine Chance. Er rollte sich nach hinten und schlang seine Beine um die Beine Hödurs, so dass er sie hebeln und verbiegen konnte. Mit voller Wucht drückte er zu. Der blinde Gott wehrte sich und es wirkte, als ob er Hermann abschütteln konnte. Doch der Hebel war zu gut gesetzt und Hermann nicht Willens aufzugeben. Mit der

Kraft seines Lebens bog er und dann fing Hödur an zu schreien. Das motivierte den Halbgott noch mehr und er drückte wie ein Verrückter. Die Schmerzensschreie wurden immer lauter, bis der blinde Gott nicht mehr konnte und mehrmals mit der flachen Hand auf den Boden schlug. Hermann hatte somit das Duell gewonnen.

Der Applaus wehrte nur kurz, denn Thor bereitete sich auf sein erstes Duell vor. Während jeder Thor die Vorfreude ansah, wirkte Baldur missmutig. Niemand mochte es gegen Thor anzutreten. Er war einfach zu bissig und siegeshungrig. So etwas wie aufgeben, gab es in seinem Wortschatz gar nicht. So dauerte das Duell auch nicht besonders lange. Nach ein paar Dutzend Schlägen des Donnerers gab Baldur auf. Er hatte keine Lust sich wegen eines nichtigen Duells seine schöne Visage zu ruinieren. Bei Bragi dauerte es nicht viel länger. Denn Thor hatte hungrig direkt auf das zweite Duell bestanden. Bragi gab tatsächlich alles, aber nachdem er von Thor mehrere Male zu Boden geschlagen und dann durch die Luft geworfen wurde, gab er enttäuscht auf. Gegen den Donnergott hatte er einfach keine Chance.

Als nächstes waren Vali und Vidar dran. Niemand konnte voraussagen, wer gewinnen würde. Beide waren sehr gute und erfahrene Kämpfer, denn beide waren dafür berühmt, regelmäßig hart zu trainieren. Ihre erste Schläge wirkten eher wie unter Waffenbrüdern. Erst als Thor sie aufforderte, sich wie wahre Asen zu benehmen, nahm ihr Kampf an Härte zu. Während Vali besser im Schlagen war, lag Vidars Talent im Bodenkampf. Nach einigen heftigen Schlägen seines Bruders gelang es ihm, Vali zu Boden zu ringen. Er schlang sich um den Körper seines Bruders, bis er hinter ihm war. Dann legte er die Arme um Valis Hals und drückte zu.

Dieser wehrte sich standhaft, doch der Würgegriff saß zu fest.

Alle sahen zu, wie Vali schwächer wurde und seine Augen anfingen zu zittern. Der Kampf war für ihn quasi schon verloren, denn aus diesem gut gesetzten Würgegriff gab es kein entkommen mehr. Doch er wollte nicht aufgeben, selbst dann nicht, als sein Körper anfing, schlaff zu werden. Vidar merkte das und ein Hauch von Sorgen um das Wohl seines Bruders zuckte durch seinen Geist. Kurz lockerte er den Griff, um nach ihm zu sehen. Dieser Moment sollte ihm zum Verhängnis werden. Als Vali spürte, wie sich der Griff lockerte und sein Bruder den Kopf nach vorne lehnte, nahm er alle Kraft zusammen und rammte seinen Schädel gegen die Stirn Vidars. Er ließ es nicht bei einem Mal bewenden. Insgesamt über fünfzig Mal hämmerte er brutal auf den Kopf seines Bruders ein, bis dieser blutüberströmt liegen blieb. Vali hatte überraschend das Blatt herumgerissen und gewonnen.

Da Thor schon zweimal gekämpft hatte, würden Hermann und Vali gegeneinander antreten. Doch es wurde ein kurzes Duell. Denn Vali war noch zu sehr angeschlagen von dem Kampf mit Vidar, so dass Hermann mit ihm kurzen Prozess machen konnte. Danach standen sich Thor und Hermann in der finalen Runde gegenüber. Thors Augen funkelten wild. Denn er war nicht bereit, sich diesen Sieg nehmen zu lassen. Doch es war Hermann, der den ersten Angriff ausführte. Mit dem Mut der Verzweiflung schlug er wild auf Thor ein. Dieser lachte laut, griff sich Hermann und schmiss ihn durch die Luft. Mit einem Knall landete dieser auf dem Boden. Thor ließ ihm jedoch keine Zeit. In Windeseile war er bei ihm, hob den Fuß und zermatschte dem am Boden liegenden die linke Hand. Der Schmerzensschrei zerriss die Luft. Erst jetzt kostete der Donnerer den Moment des nahenden Triumphs aus und hob die Arme zur Siegerpose.

Derweil versuchte sich Hermann wieder aufzurappeln. Mühevoll schaffte er es auf alle viere zu kommen. Als Thor sich umsah und bemerkte, dass der Halbgott nicht aufgeben wollte, verdunkelten sich seine Augen. Er rannte mit voller Wucht los und trat Hermann in die Seite. Der flog einen Meter durch die Luft und landete ächzend im Sand. Thor hielt nicht an. Er machte zwei große Schritte und stampfte mit dem Dritten in Hermanns Unterbauch. Der stöhnte vor Schmerzen. Der Donnergott trat erneut zu. Wieder stöhnte Hermann. Fünfmal trat Thor zu, bis sich sein Opfer vor ihm auf dem Boden krümmte. Schließlich beugte er sich vor, um Hermann zu bitten, endlich aufzugeben.

In dem Augenblick als Thor sich nach vorne beugte, griff Hermann in den Sand und warf es dem Donnergott in die Augen. Der fluchte. Es ziepte und es trübte seine Sicht. Er spuckte sich in die Hände, um den Sand auszuwaschen. Indessen kramte Hermann die letzten Kräfte aus seiner Brust. Wild trat er vom Boden liegend zu und riss den Donnerer von den Füßen. Dieser landete hart im Sand. Wie ein Blitz schwang sich Hermann auf die Brust des am Boden liegenden Donnergottes. Über vierzig Mal trommelte er mit seinen Fäusten in das Gesicht und auf den Oberkörper des Donnerers.

Doch dann hörte er nicht auf. Stattdessen griff er sich erneut eine Handvoll Sand und rieb sie dem Donnerer in die Augen. Wieder folgten dutzende harte Schläge, bei denen es ihm auch noch gelang, Thors Versuche ihn abzuschütteln, erfolgreich abzuwehren. Dann griff er sich erneut eine

Ladung Sand. Diesmal stopfte er den Sand in Thors Mund und hielt dann dessen Mund zu. Der Donnergott hustete und versuchte den Sand auszuspucken. Als das misslang, lief er rot an. Nebenbei schlug Hermann mit der freien Hand, die nicht den Mund Thors zuhielt, brutal auf dessen Augen ein. Plötzlich schlug der Donnergott genervt auf den Boden.

Ein erstauntes Raunen ging durch die anderen Odinssöhne. Der unbesiegbare Thor war wirklich von einem Halbgott aus Midgard im Zweikampf besiegt worden. Nie hatte die Welt so etwas gesehen. Als er sich dann aufrappelte und den Sand ausspuckte und aus den Augen rieb, schlug er sich erst wie ein Gorilla auf die Brust. Dann reichte er anerkennend seinem neuen Bruder die göttliche Hand und lobte ihn für seine Gerissenheit.

Kvasir verkündete den Sieger und im nächsten Augenblick verschluckte sie der Regenbogen wieder. Als das Licht des Regenbogens verschwand, schlangen sich fette Wurzeln vor ihren Augen umeinander. Jeder wusste sofort, wo sie waren. Das waren die Wurzeln Yggdrasils. Sie waren das geheime Machtzentrum des heiligen Weltenbaums und sie waren die Wohnstätte der drei Nornen. Ehrfurcht fuhr in die Glieder der Odinssöhne. Denn dies war wahrscheinlich der heiligste Ort in allen Welten.

Kvasir hielt nicht lange damit zurück, was die nächste und letzte Prüfung sein würde. Unübersehbar war auch ihm dieser Ort unheimlich. Denn selbst er verstand nicht, was die Nornen waren, da ihre Weisheit seine um ein Vielfaches überstieg und ihre Wesen für ihn unergründlich waren. Urd hatte sich bereit erklärt, das letzte und schwerste Duell mit ihnen durchzuführen. Sie würde jedem einen Blick in die Vergangenheit schenken. Wer es am längsten aushielt, hätte gewonnen. Aufgrund der Härte dieser Aufgabe, war diese Prüfung die schwerste. Wer immer diesmal gewann, wäre der wahre Sieger des Wettstreits. Denn der Schmerz, die Tränen, das Leiden, die Probleme, die Gewalt und die Gräuel der gesamten Vergangenheit zu ertragen, überstieg die Macht eines einfachen Gottes.

Diesmal meldete sich keiner freiwillig. Jeder scheute sich der nackten Wahrheit ins Gesicht zu sehen. Deshalb losten sie aus. Es war Bragi, der den Kürzesten zog und beginnen musste. Kvasir zeigte ihm den Weg zu einer kleinen, dunklen Kuhle zwischen den knorrigen Wurzeln, in der Urd auf die Wettkämpfer wartete.

Missmutig stapfte er los und seine Brüder sahen ihm ängstlich hinterher. Er sprang über die Ranken der Wurzeln und verschwand dann in dem kleinen Loch. Die Odinssöhne sahen sich an. Keiner hatte eine Ahnung, was in der Kuhle passieren oder wie lange es dauern würde.

Die Söhne des Allvaters mussten nicht lange warten. Schon nach einigen Augenblicken sahen sie, wie Bragi wieder aus der Höhle kam. Sein Gesicht war fahl wie das eines Toten. Er kam zurück geschlürft wie ein gebrochener Mann und ließ sich wie ein nasser Sack auf den Boden fallen. Sie fragten ihn, was er erlebt hatte. Doch er blieb ihnen eine Antwort schuldig und sah sie mit leeren Augen an. Vali und Vidar waren als nächstes an der Reihe. Jeder von ihnen ging einzeln in die dunkle Kuhle, doch sie kamen zusammen zurück wie wandelnde Zombies. Jetzt war Hödur der blinde Gott an der Reihe. Er lief mit unsicheren Schritten zur Kuhle, in der Urd auf die Prüflinge wartete.

Draußen warteten seine Brüder und sie warteten lange. Während die anderen drei Götter kaum mehr als ein paar

Augenblicke in der Kuhle gewesen waren, zog sich die Zeit, in der Hödur drinnen verschwunden war, in die Länge. Schließlich erschien er wieder. Auch er sah erschöpft aus. Doch nichts an ihm wirkte so ausgelaugt wie bei den anderen. Sie fragten ihn, was geschehen war. Er erzählte, was er erlebt hatte und dass er gern noch länger geschaut hätte, ihn aber die Kräfte verlassen hatten. Auf Hödur folgte Thor und dann Baldur. Die beiden kamen so bleich zurück wie Vali und Vidar. Hermann war der letzte in der Reihe. Er sah sich nacheinander seine Brüder an. Dann lief er Zähne knirschend in sein Schicksal.

Er kletterte über die großen Wurzeln, die sich vor der Kuhle übereinander schlangen. Dann erreichte er die Kuhle. Er sah sie sich genauer an, bevor er hineinging. Sie war nur ein Gebilde, dass entstanden war, weil sich mehrere dicke Wurzelstränge umeinander geschlungen hatten und zwischen ihnen dieser dunkle Hohlraum entstanden war. Er trat ein und es war ihm, als ob noch die Reste der Ängste seiner Brüder im Wurzelwerk klebten. Vor ihm saß eine Gestalt im dunklen Umhang. Zumindest glaubte er, dass es eine Gestalt war. Denn außer dem Umhang sah er nichts. Weder gab es Hände noch ein Gesicht, welches unter der Kapuze zu sehen war. Vor der Gestalt war ein hölzernes Podest. Er setzte sich hin und im nächsten Moment wurde alles schwarz.

Es war so schnell gegangen, dass er es erst im Nachhinein realisierte. Aus dem alten Umhang war eine schwarze Macht gekommen und hatte sich um ihn geschlungen und war dann durch seine Augenhöhlen und seinen Mund in tosendem Tempo in seinen Kopf gekrochen.

Was er dann erlebte, zerriss ihn. Die Menge an Bildern war unbeschreiblich groß. Sie quetschten sein kleines Wesen aufs

Mikroskopische zusammen. Nach den Bildern kamen die Töne. Sie waren ein gewaltiger Brei, aus dem zugleich jedes einzelne Geräusch glasklar herausstach. Seine beiden Ohren begannen zu brennen. Die Ohnmacht wurde immer größer und er spürte, wie er sich begann aufzulösen. Aber das war nur der Anfang, wie er als nächstes feststellen musste. Denn jetzt ergoss sich eine Flut fremder Gefühle über ihn. Obwohl er sich sicher war, dass es nicht seine waren, fühlte sich jedes einzelne so an, als würde es aus seinem Herzen kommen. Die Flut schwoll an und verstörte ihn immer mehr. Er wollte aufgeben. Doch ganz klein blitzte sein Wille auf und zwang ihn weiter durchzuhalten. Also widerstand er dem Impuls aufzugeben.

Als ob sie darauf gewartet hatten, fingen plötzlich viele tausend Kehlen an zu schreien. Es waren Todesschreie, dass konnte er sehen, hören und auch den Schmerz fühlen, als ob es sein eigener wäre. Als diese tausend Wesen ängstlich und schmerzhaft den Tod gefunden hatten, folgte die nächste Armee aus Todgeweihten. Wieder waren es tausende Kehle, die bitterlich ihren letzten Odem aushauchten. Fünfzehn Mal schaffte er es diesem Ansturm aus Toten standzuhalten, bevor er seinen Willen nicht mehr aufrechterhalten konnte und kapitulierte.

Erschöpft fiel er von dem hölzernen Podest und knallte auf seine Knie. Kurz atmete er ein, dann wollte er etwas zu Urd sagen. Doch als er hoch sah, lag da nur ein lebloser Umhang, der auf dem Boden ausgebreitet war. Ansonsten war er ganz allein. Deshalb richtete er sich auf und humpelte erschöpft aus der Kuhle. An Yggdrasils Wurzeln war es immer düster. Das war ihm recht, denn er spürte noch immer, wie überreizt seine Sinne waren. Vorsichtig kletterte er über die Wurzeln zurück zu seinen Brüdern. Er wusste nicht, wie lange er ausgehalten hatte. Doch es wunderte ihn, wie sie ihn gebannt anstarrten. Es war Thor, der sich zuerst aus der Starre löste und ihm vorsichtig auf die Schulter klopfte. Es fühlte sich an, als wolle er testen, ob Hermann noch Kraft genug hätte, aufrecht zu stehen. Dann erzählten sie ihm, dass er dreimal so lange in der Kuhle gewesen war wie Hödur und sie sich große Sorgen gemacht hatten, dass ihn die Vergangenheit aufgefressen hatte.

Kvasir ließ nicht viel Zeit verstreichen. Nachdem klar war, dass es Hermann gut ging, rief er Heimdalls Regenbogen. Es war zu spüren, dass er schnell weg wollte. Dann brachte sie der Regenbogen zurück nach Asgard. Es war Zeit für die Siegerehrung, obwohl bereits jedem klar war, wer der Sieger des Wettkampfs war. Denn Hermann der Germane hatte in allen Wettkämpfen dominiert. Jedoch hatte er nicht nur den Wettkampf gewonnen.

Er hatte sich auch in die Herzen seiner Brüder gekämpft, ihnen Ehre gemacht und ihre Anerkennung errungen. Doch kaum dass sie in die Schenke gehen wollten, nachdem Kvasir das Ergebnis verkündet hatte, um sich zu betrinken, hielt Hermann sie zurück. Er begann eine Rede, was jedem die Augen verdrehen ließ, denn nichts war nerviger als Sieger, die lange Reden auf sich hielten.

Doch er redete nicht von sich, sondern gab zu, dass er sie ausgetrickst hatte. Alle sahen ihn verwundert an. Denn einen miesen Betrüger konnten sie noch weniger leiden als einen Schaumschläger. Mit einem Mal holte Hermann einen Sack mit Runen aus seinem Beutel. Er griff hinein und zog die Rune Inguz und die unsichtbare Mysteriumsrune heraus und legte sich beide auf die Stirn. Es puffte und knallte. Dampf entstand und die Erde bebte. Ein rauchiger Nebel hüllte Hermann ein. Die Odinssöhne waren erstaunt, aber ihr Staunen wurde noch größer, als sich der Nebel schließlich verzogen hatte.

Zur Überraschung aller stand plötzlich ihr Allvater Odin vor ihnen. Dann erzählte er ihnen, dass er sich in Hermann verwandelt hatte, um zu testen, ob er noch fit genug war, um mit seinen Söhnen mitzuhalten. Seine Söhne bekamen große Augen und ihr Staunen war groß. Doch der Hunger und Durst nach Bier und Wein war noch größer und so gingen sie in die Schenke und betranken sich als Lohn für die Mühen der Duelle mit ihrem verschlagenen Allvater.

Bragis Muse

Bragi war genervt. So sehr er auch in seinem Kopf kramte, ihm fiel einfach nichts ein. Das war ihm noch nie passiert. Er war der Gott der Dichtkunst und bekannt für seine Ideen. Egal ob es um ein Drehbuch, ein Theaterstück, Gedichte oder einen Roman ging, immer fiel ihm etwas ein und immer war es das Beste, was sein Publikum je gelesen hatte. Doch jetzt war sein Kopf leer und ihm fiel nichts ein. Eine Spinne hätte gemütlich ein Netz in seinem Kopf spinnen können, so wenig kreative Gedanken kamen ihm.

Er rief nach Odins Raben. Denn sie waren Name und Gedächtnis und hätten vielleicht die Macht, ihm zu helfen. Als er ihr schwarzes Gefieder am Himmel sah, lächelte er. Doch dann enttäuschten sie ihn. Denn auch sie wussten nicht, was er gegen seine kreative Flaute tun könnte. Verzweifelt lief er los und hoffte, in den Feldern und Hügeln

Asgards eine Lösung für sein Problem zu finden. Oft war er so durch die Gegend gelaufen und ganze Romane waren ihm in den Sinn gekommen, die er dann aufgeschrieben hatte. Selbst einen ganzen Opernzyklus hatte er einst entworfen, nur weil er von Freyas Feld aus den jungen Walküren beim Kampftraining zugesehen hatte.

Wieder setzte sich Bragi auf eine Anhöhe, von der aus er das Training der jungen Walküren auf Freyas Volksfeld gut beobachten konnte. Ihre Techniken waren beeindruckend. Sie waren vortreffliche Kriegerinnen. Selbst die Jüngsten unter ihnen führten ihre Waffen meisterlich. Mehr noch waren sie wunderschön. Ihre geflochtenen Haare flogen im Wind und wenn sie sich drehten, um einem Angriff mehr Schwung zu verleihen, dann sah es aus, als würde der Wind ein Bild malen.

Bragi nahm sich sein Schreibzeug und das gute Papier, welches er aus der Menschenwelt mitgebracht hatte. Dann wollte er anfangen. Nichts geschah. Er drückte die Spitze aufs Papier. Doch sie blieb starr. Er hob erneut den Kopf und verfolgte die grazilen Bewegungen der Walküren, die zugleich Ausdruck reiner Kraft waren. Bei nur einem Blick verliebte er sich in gleich drei von ihnen. Also wollte er ein Liebesgedicht schreiben. Er konzentrierte sich. Doch kein einziger Vers kam ihm. Verzweifelt stand er auf.

Er wusste nicht, wohin er gehen sollte, also lief er zur Walhalla Odins. Vielleicht konnten ihm die Einherjer ihre Kriegsgeschichten erzählen und er daraus eine Geschichte über ein paar Kriegsabenteurer machen. Er warf noch einmal einen Blick zu den anmutigen Walküren, die gerade eine Schlachtenreihe bildeten und genoss den Blick auf ihre

Weiblichkeit. Dann machte er sich auf, überquerte das Feld des Volkes in Richtung Walhalla.

Desto näher er kam, desto mehr Einherjer lagen betrunken auf dem Boden oder prügelten sich. Odin schien wieder einen seiner berühmten Stammtische zu veranstalten, wo es als gute Sitte galt, sich zu betrinken und zu prügeln. Schon das hätte in ihm die Idee für einen verwegenen Charakter entstehen lassen müssen, der sich mit einer Gruppe von Helden auf die Reise begab, um die Welt zu retten. Er erinnerte sich daran, wie viele solcher Epen er erschaffen hatte, während er den Einherjern zugehört hatte, wie sie von ihren abenteuerlichen Leben erzählt hatten. Denn trotz ihrer Neigung zu Trank und Rauferei waren sie alle Ehrenmänner. Denn Odin nahm nur die edlen Krieger auf, die sich an die Tugenden des Kampfes hielten. In seinen Reihen hatte er keinen Platz für gefühlskalte Schlächter.

Als er die Halle betrat, schlug ihm ein dicker Schwall Rauch entgegen. Viele der wilden Krieger liebten das Rauchen von Midgardkräutern. Deshalb saßen viele in kleinen Gruppen zusammen und qualmten aus selbst geschnitzten Pfeifen, welche sie im Kreis herumreichten. Der Dichtergott setzte sich in den ersten Kreis. Worte des Grußes wurden ausgetauscht. Bragi war ein gern gesehener Gast in den Hallen der edlen Krieger, denn sie liebten die Heldenlieder, die er über sie sang.

Man gab ihm die Pfeife mit dem Kraut. Er zog und blies große Ringe in die Luft. Dann lauschte er den Erzählungen der Einherjer. Während er zuhörte, tat das Kraut seine Wirkung und sein Kopf drehte sich. Tatsächlich half es. Denn es tropfte kleine Gedankenblasen in seinem Kopf. Er griff sich Stift und Blatt und schrieb. Frohen Mutes ließ er

Silbe für Silbe aufs Papier tropfen. Dann las er es durch und verzog das Gesicht. Das einzige was noch schlimmer war als keine Ideen zu haben, waren schlechte Ideen.

Wütend pfefferte er das Blatt ins Feuer. Er verließ den qualmenden Kreis und steuerte die langen Bierbänke an. Der Geruch der Betrunkenen stieg ihm in die Nase. Unter den Mannen sah er auch eine Gruppe, die sich um Thor gescharrt hatte. Er steuerte seinen Bruder an. Dann zerriss ein lauter Schrei die Luft. Es war der Freudenschrei Thors, als er seinen kreativen Bruder zwischen den Einherjern entdeckte. Er stand auf und riss ihn bei der Umarmung in die Höhe. Kaum einen Augenblick später musste sich Bragi einem Duell im Kampftrinken stellen.

Fünf große Hörner Met musste er schlucken, bevor Thor endlich Ruhe gab und sich wieder seiner Gruppe Einherjer widmete. Was sie sich erzählten, freute Bragis Ohr. Er erfuhr, dass sie gerade von einer gefährlichen Mission aus dem Land der Eisriesen zurückgekehrt waren. Voll Blut, Kampf und Edelmut waren die Geschichten, die er am Tisch hörte. Bragi zögerte nicht lange und griff sich die Feder, das Fässchen edler Tinte und das alte Papier. Dann legte er los.

Vielmehr wollte er loslegen. Doch seine Hand blieb stumm und sein Geist widerstand dem Drang, aus dem Gehörten einen Epos zu zaubern. Dabei war es nicht der Alkohol, der mittlerweile begonnen hatte, seinen Kopf zu drehen. Denn oft waren ihm die besten Ideen im Rausch gekommen. Doch diesmal war da nichts, obwohl alles vor ihm lag und er es eigentlich nur noch greifen musste.

Thor und seine Mannen übertrafen sich an Euphorie. Nur am Met waren sie noch energischer und kippten sich Horn um Horn hinter die Binde. Bragi wurde dafür zunehmend zerknirschter. Seine Hoffnung, in der Heldenhalle die Muse zurückzukriegen, verpuffte. Frustriert erhob er sich und zog von dannen.

Vor der Halle rempelte ihn ein alter Krieger an. Als er ihm die Hand anbot, wurde der Dichtergott unter dem Einfluss des Gesöffs schwach und klagte dem alten Ehrenmann sein Leid. Der hörte sich alles an, während er aus einer alten Dose seltsame Pilze naschte. Auch Bragi gab er welche davon und schwor auf ihre magischen Kräfte. Dann gab er ihm den Rat mit auf den Weg, es bei einer alten Völva in den hohen Wäldern im nördlichen Midgard zu probieren. Sie war bekannt für ihren Trank, den sie den Berserkern gab, damit diese ihr animalisches Feuer entzünden konnten und sie war berühmt für ihr kreatives Wesen.

Bragi gab sich dem Rausch der Pilze hin. Nachdem sie ihn nur tiefer in seine Melancholie stürzten, entschied er sich zu handeln. Betrunken schrie er nach seinem Waffenbruder Heimdall: Er solle ihn in die hohen Wälder des nördlichen Midgards schicken. Einen Augenblick später verschluckte ihn das bunte Licht.

Zuerst nahm er die frische Luft wahr und dann die angenehme Stille. Es zwitscherten zwar einige Vögel und das Blätterdach rauschte, doch es war so anders als das stumpfe Grölen der Einherjer in der Walhalla. Langsam schritt er vorwärts. Das Knacken kleiner Äste unter seinen Füßen gefiel ihm. Denn ihr Geräusch fügte sich in die Atmosphäre wie die Farben in ein Bild. Das weiche Moos, das in dichten Flecken den Erdboden bedeckte, ließ ihn sanft werden. Er lief lange und kein Moment kam ihm verschwendet vor. Dies war der perfekte Ort für Poesie und Prophetie, dachte er.

Erst nach vielen Bäumen kitzelte ein leichter Geruch seine Nase. Es war Rauch, daran bestand kein Zweifel. Aber in ihm webte Magie. Kräuter und gewebte Worte schwangen in ihm mit. Er ließ sich von seiner Nase leiten und dann sah er die kleine Hütte. Sie war aus rohen Stämmen errichtet. Er bezweifelte, dass die Völva das allein errichtet hatte. Vor der Hütte stand ein Pfahl mit geschnitzten Idolen. Ein Feuer brannte in der Hütte, wie er dem Rauch entnehmen konnte. Dann hörte er ein Rascheln. Der Rest des Rausches, den er von den Pilzen noch in sich trug, hatte seine asischen Instinkte benebelt und so war er nicht schnell genug, um zu reagieren.

Der raue Stahl einer Klinge schob sich vor seine Kehle und drückte in sein Fleisch. Plötzlich begann das wilde Gestrüpp vor ihm zu leben und der Bolzen einer rustikalen Armbrust lächelte ihn an. Der Mann, bedeckt mit Dreck, Geäst und Blättern, der zur Armbrust gehörte, lächelte nicht. Sekunden zogen sich zu einer Ewigkeit lang. Bis auf einmal eine alte, dunkle Gestalt aus der Hütte heraustrat. Sie musterte Bragi abschätzig. Dann wischte sie mit der Hand durch die Luft und im nächsten Moment machten sich die beiden Angreifer wieder unsichtbar im Unterholz.

Ein Apfel flog durch die Luft. Bragi fing ihn und biss ohne zu zögern hinein. Das Fruchtfleisch zerplatzte laut zwischen seinen mahlenden Zähnen. Die Alte war in der Zwischenzeit wieder in ihrer rohen Hütte verschwunden. Bragi wurde neugierig und näherte sich, wohl wissend, dass jeder seiner Schritte argwöhnisch von den Verborgenen beobachtet wurde und sicher der Bolzen pausenlos auf der Stelle ruhte, hinter der sein göttliches Herz lag.

Kaum dass er nah genug war, trat die Alte wieder durch die Öffnung, die nur mit einer groben Decke behangen war. In ihren Händen hielt sie zwei aus Holz geschnitzte Becher. Mit ihren scharfen Augen wies sie Bragi an, sich auf einen der grob geschlagenen Holzklötze zu setzen, welche um eine erkaltete Feuerstelle lagen. Sie setzte sich auf einen zweiten. Dann drückte sie ihm das Gefäß in die Hand.

Bragi roch den stark vergorenen Alkohol. Er zögerte nicht und kippte sich alles mit einem Schluck runter. Seine Kehle brannte und er stöhnte. Dann begann er von seinem Leid zu klagen. Geduldig hörte sie sich alles an und nippte nebenbei an ihrem Becher, ohne jedoch ihr Gesicht zu verziehen, wie Bragi es getan hatte. Nachdem er fertig war, erzählte sie ihm von ihrer Kräutermagie und den Geistern des Waldes, die sie seit vielen hundert Jahren am Leben hielten. Ihre Magie war die Magie des Waldes. Sie konnte animalische Kräfte wecken. Für die Muse waren ihre Kräuter ungeeignet. Aber sie riet ihm, es bei den Frauen der Dörfer und Burgen zu versuchen. Seit jeher erlangten die Künstler in den Betten der Holden ihre Inspiration.

Er bat sie eine Nacht bleiben zu dürfen. Sie antwortete mit einem Lächeln und einer Handgeste. Auf einmal schälten sich aus einem Baum, dem Gestrüpp, einem Stein und vom Boden mehrere Gestalten heraus. Sie kamen zu ihnen. Außer einer Frau waren es alles Männer und sie waren nicht nur Meister in der Kunst des Verbergens. Sie waren auch geübte Trinker, wobei Bragi das Gefühl bekam, dass die Frau die Härteste sein wollte, denn sie soff wie ein Loch die ganze Nacht hindurch, ohne zu wanken oder zu lallen.

Am Ende saß er allein mit ihr da. Die Alte war ins Haus gegangen und die Männer einer nach dem anderen nach hinten umgekippt. Sie sagte, dass sie ihn belauscht hatte, als er sein Problem vorgetragen hatte und dass sie ihm vielleicht helfen könnte, wenn er ihr in den Wald folgen würde.

Bragi war bereit, alles zu tun, um wieder Herr seiner Worte zu werden. So folgte er ihr wie ein williges Schaf in den dunklen Wald. Nachdem sie den Schein des Feuers verlassen hatten, war es nur noch das Mondlicht, das sie leitete. Die Berserkerin ging bis zu einer lichten Stelle, an der das Moos besonders weich war. Dann drehte sie sich mit funkelnden Augen um und sah ihn hungrig wie eine Wölfin an, die seit Tagen nichts gefressen hatte. Ohne Ansatz sprang sie hoch und landete mit ihren Knie auf seiner Brust. Er fiel nach hinten und landete im weichen Moos. Es fühlte sich herrlich an und er genoss den Anblick ihrer nackten Brüste, die im Mondlicht glänzten. Ohne ihn zu fragen, zog sie ihn und sich selbst aus. Dann ritt sie ihn mit der Wildheit einer Raubkatze und gab erst Ruhe, als sie den ganzen Wald mit einem lauten Schrei erzitternd an ihrer Freude hatte teilhaben lassen.

Müde sank sie auf Bragis Brust zusammen, die sie zuvor mit ihren Krallen gezeichnet hatte. Der Gott lächelte und fragte sich, ob das der Weg war, um ihm neue Eingebungen zu schenken. Tatsächlich spürte er, wie einige schmutzige Liebesverse seinen Lippen entflohen. In diesem Moment begriff er, dass der Fluch gebrochen war. Jetzt wusste er, wie er sein lyrisches Feuer jederzeit wieder entzünden konnte.

Thorssöhne

Nichts bedeutet einem Krieger mehr als sein ruhmreicher Name. Aber diesen Namen zu erlangen, ist harte Arbeit und oft sehr gefährlich. Niemand wird mit einem großen Namen geboren. Selbst wenn der eigene Vater der berühmte Thor wäre, würde das nicht reichen, um einen legendären Namen zu erlangen, der in den Hallen edler Krieger mit Ehrfurcht ausgesprochen würde. So ging es auch Magni und Modi den Söhnen Thors. Sie waren an den Feuern in der Walhalla ihres Großvaters aufgewachsen, an denen die Asengötter und ihre Einherjer ihre Heldengeschichte erzählten. Es ging um Ehre und um Heldentum. Es ging um gigantische Gegner und riesige Heere, gegen die sie gekämpft hatten und es ging um Opferbereitschaft für die Sippe und den eigenen Ruhm. Als sie dann größer wurden, spürten sie immer mehr der Augen auf sich brennen. Die Mannen mussten ihnen nicht sagen, was sie von ihnen erwarteten. Es war ein unausgesprochenes Gesetz, dass jeder sich seinen Namen verdienen musste.

Viele Geschichten hatten sie im Laufe ihrer Jugend gehört. Die besten waren die ihres Vaters. Er war eine Legende und die Krieger taten nichts lieber, als in seinem Kreis zu sitzen und zu lauschen, wie er von seinen Heldentaten berichtete. Magni und Modi kannten jedes einzelne seiner Abenteuer. Oft hatten sie abends im Dunkeln in ihren Betten gelegen und sie sich gegenseitig erzählt, bis sie eingeschlafen waren. Dann waren die Geschichten bis in ihre Träume gekrochen und hatten sie teilhaben lassen an den Abenteuern ihres Vaters. Doch das waren Träume und nichts wodurch sich junge Männer einen Namen machten. Doch ein Mann ohne Namen galt nichts. Er war ein Schatten, quasi unsichtbar.

Zwar sagte keiner das so eindeutig, doch es fühlte sich so an und es erzeugte einen riesigen Druck, der immer härter an ihren Herzen nagte.

Chancen gab es viele, denn ständig brachen Männer auf, um sich in den Landen der Thursen zu messen. Die riesigen Ungetüme waren genauso wild darauf die Brut der Asen zu zerschlagen, wie die Asengötter es liebten Riesenschädel zu zermalmen. Es war eine ewig während Feindschaft. Endlich kam wieder einer jener Rufe. Diesmal war es Heimdall, den das Reisefieber gepackt hatte und als er mit seinem Horn nach einem Tross blies, schifften sich auch Magni und Modi in sein Gefolge ein. Als Onkel Heimdall seine Thorssöhne sah, schoss ihm ein breites Lächeln ins Gesicht. Sofort rief er nach dem Maat und änderte die Route. Ihr neues Ziel würde die gefährlichste Region im ganzen Eisriesenland werden. Er versprach seinen Neffen für ihre Jungfernfahrt ein legendäres Abenteuer.

Als die Mannen an den Ruderbänken Platz genommen hatten, brüllte Heimdall wie ein wilder Löwe. Augenblicklich begannen alle Einherjer mitzujaulen wie wilde Wölfe. Auch Magni und Modi stiegen in den wilden Kriegsgesang ein. Während das Jaulen immer lauter wurde, verschluckte sie der Regenbogen und spuckte das Schiff einen Augenblick später auf einem kalten Eismeer aus.

Die Eisschollen, die auf dem Wasser schwammen, waren riesig und hatten scharfe Kanten. Kaum dass ihr Asenschiff im Wasser gelandet war, brüllte Heimdall alle zu den Ruderbänken. Er selbst übernahm das Trommeln. Auch die Thorssöhne legten sich in die Riemen. Schon nach ein paar Runden wurde ihnen bewusst, wie grün sie noch hinter den Ohren waren. Denn aus den jaulenden Einherjern waren

Muskelmaschinen geworden, die mit einer Gewalt die Ruder bewegten, dass das Schiff wie ein Pfeil durchs Wasser schoss. Der Steuermann war ein uriger Geselle. Sein langer Bart war geflochten und er trug wie der Allvater nur ein Auge. Das andere, so hatte er schon oft erzählt, hatte er im Kampfe allein gegen zwei dutzend Schwerbewaffnete gelassen. Die vielen Narben auf seinem Körper zeugten noch von vielen anderen Kämpfen.

Sie umschifften die Schollen und steuerten auf die felsigen Klippen zu, die sich am Horizont abzeichneten. Kaum einen Augenblick später rauschte ein Stein neben ihnen ins Wasser und eine kleine Flut ergoss sich in ihr Boot. Der nächste Felsbrocken schoss hinterher und landete nur knapp neben dem Boot. Der Steuermann schrie und alle sahen in die Richtung, in die sein Finger zeigte.

Magni und Modi kniffen ihre Augen fest zusammen und schluckten. Auf den Klippen vor ihnen standen riesige Katapulte. Eine Schwadron an eisigen Gestalten bediente sie. Desto genauer sie hinsahen, desto klarer wurde die Szene. Die eisige Gestalten bedienten die großen Kriegsmaschinen, während andere Riesen auf hässliche Trolle mit langen Peitschen einprügelten, damit diese die schweren Steine schneller zu den Katapulten schleppten.

Schon rasten die nächsten Steine durch die Luft. Es waren zwei auf einmal. Wieder verfehlten sie das Schiff nur knapp. Die beiden Thorssöhne sahen zu Heimdall, der einige Runen auf sein Horn zeichnete. Er verband die Runen zu einer magischen Binderune. Dann lachte er, hob sein Horn an die Lippen und stieß mit aller Kraft hinein. Der Klang seines Horns ließ die Einherjer aufatmen. Denn Heimdall war mit allen Wassern gewaschen und ein kundiger Magier.

In dem Moment als der Schall sein Horn verlassen hatte, formte er einen Regenbogen um ihr Schiff. Kaum eine Sekunde später begriffen sie seinen Zweck. Diesmal kamen drei Steine angeflogen. Zwei verfehlten das Boot. Doch einer hielt direkt auf den großen Mast zu. Nur der Regenbogen hielt ihn ab. Wie bei einem Schild schlug der Stein darauf und prallte zurück. Leider wurde seine Kraft nicht komplett aufgesogen. Der Aufprall ließ einen gewaltigen Ruck durchs Boot gehen. Die Wellen schwappten hoch und Modi befürchtete schon, dass das Boot kentern würde. Aber die Einherjer legten sich in die Riemen und das Schiff schnellte wieder vorwärts.

Das Ufer kam immer näher und der Regenbogen hatte viel zu tun. Magni und Modi konnten das Ufer unter ihren Füßen schon spüren. Da zerriss ein Schrei des Steuermanns die Luft. Erst starrten ihn alle an und dann schwenkten ihre Köpfe in Windeseile in die Richtung, in die sein Finger zeigte. Was sie sahen, ließ selbst die gestandenen Einherjer erschrecken. Die Riesen hatten ihre Kräfte konzentriert. Diesmal feuerten alle Katapulte gleichzeitig. Das schlimmste war, dass sie sich im Laufe der letzten Schüsse verdammt gut eingeschossen hatten. Fünf Steine flogen direkt auf sie zu. Zudem hatte sich eine Horde Riesen am Ufer versammelt und sie warfen ebenfalls große Steine auf das Schiff.

Vielleicht hätte das Schiff einigen Attacken standgehalten. Doch hier kam die komplette Ladung auf sie zu. Selbst Heimdall war anzusehen, dass es ihn nervös machte. Die großen Steine der Horde vom Strand schlugen zuerst ein. Sie prallten an verschiedenen Stellen auf den Regenbogen. Das Schiff begann leicht zu wanken. Danach schlug der erste große Klopper von den Katapulten ein. Der Regenbogen hielt ihn noch ab, aber dennoch ging ein heftiger Ruck durchs Schiff. Der zweite schlug unmittelbar danach ein. Da er auf die andere Seite des Regenbogens krachte, folgte auf den neuen Ruck eine heftige Schaukelei. Einer nach dem anderen krachte auf den Regenbogen und dazu kamen neue Steine, welche die Riesen vom Ufer warfen. Doch auch die Katapulte ruhten nicht und sandten ihre nächste tödliche Botschaft auf den Weg.

Das Schiff schwankte noch immer in den Wellen, als die nächsten großen Klopper einschlugen. Das Schaukeln wurde heftiger. Mittlerweile hatte sich die Hälfte der Einherjer erhoben und lief immer zu der Seite, die hoch aus dem Wasser stach. So wollten sie das Schiff wieder stabilisieren. Es schien zu klappen. Doch dann schlugen die nächsten Steinschläge ein. Die neuen Steine übertrafen an Gewicht und Größe die vorherigen. Schon der erste ließ das Schiff so sehr wackeln, dass die ersten Männer über Bord gingen. Auch bei den nächsten war es genauso. Der letzte Klopper kam tief von der Seite, riss das Schiff aus dem Wasser, ließ es auf die Seite und den Mast nach unten kippen.

Alle Asen waren jetzt im Wasser. Für die Riesen war das kein Grund ihre Attacken einzustellen. Besonders die Horde am Ufer lief zur Höchstleistung auf. Sie feuerten im Akkord Steine auf die Köpfe der Einherjer. Schmerzensschreie zerrissen die Luft. Weit mehr als einer wurde blutig am Kopf getroffen. Mehrere riss das Meer in den Abgrund und gab sie nicht wieder her.

Zugleich schwammen alle so schnell sie konnten. Denn das Wasser war eisig und solange sie im Meer waren, konnten sie sich nicht wehren und würden weiter leichte Beute sein. Es war Heimdall, der als erster das Ufer erreichte. Die Riesen begrüßten ihn mit mehreren Steinen, welche er mit seiner gepanzerten Schulter abblockte. Kaum dass er dann aufrecht stand, stürzte sich ein halbes Dutzend Ungetüme auf ihn.

Magni und Modi verfolgten die Keilerei. Anfangs schien Heimdall unterlegen, nachdem ein fetter Stein gegen seinen Kopf geprallt war und zwei Riesen ihn zu Boden gerissen und mit ihren Fäusten auf ihn eingetrommelt hatten. Doch er widerstand und wendete das Blatt, als er einem der Riesen den Arm abschlug. Eine Fontäne aus Blut ergoss sich über ihn und Heimdall glänzte blutrot. Dann hieb er den Knauf viele Male auf den Kopf des zweiten Monsters, bis dieses stumpf nach hinten klappte.

Die ersten Einherjer erreichten die Küste und auch Magni und Modi spürten endlich Sand unter ihren Füßen. Der Kriegsschrei ihrer Meute zerriss die Luft. Plötzlich lachten sie wieder. Sie warfen sich ins Getümmel. Nur ein paar Augenblicke später lagen alle Riesen blutend auf dem Boden. Auch an Magnis Fäusten klebte dickes Blut und die Reste abgeplatzter Haut. Sein Bruder Modi war weniger glücklich gewesen. Er hatte sich ein Duell mit dem Anführer der Horde geliefert. Er wollte den Ruhm. Doch er hatte die Schnelligkeit des Giganten unterschätzt. Er war nicht nur der muskulöseste, sondern auch der agilste der Riesen gewesen. Jedem Angriff Modis war er gekonnt ausgewichen und hatte mit sicheren Paraden geantwortet. Ohne sein Kettenhemd würde Modis Oberkörper jetzt mit zahlreichen tiefen Wunden, statt nur mit blauen Flecken übersät sein. Am Ende hatte ihn ein brutaler Bauchtritt von den Beinen gerissen.

Dann wollte der Riese seine Keule auf den Kopf des Asengottes schmettern, um seinen Schädel zu zertrümmern. Doch es war Heimdall gewesen, der in diesem Moment die

Keule abgewehrt und mit mehreren kombinierten Angriffen dem Riesen erst das Knie zertrümmert, danach die Hand abgeschlagen und ihn schlussendlich zur Strecke gebracht hatte. Modi hatte sich beschämt für die Rettung durch seinen Waffenonkel bedankt. Der hatte ihn aufgemuntert mit den Worten, dass noch viel mehr Riesen auf sie warteten.

Wie aufs Kommando war genau in diesem Augenblick der Steinregen losgegangen. Unter kreischenden Peitschenhieben begannen die Trolle von oben Steine auf sie zu werfen. Die Horde Riesen hatte den Kampf aufmerksam verfolgt und in dem Moment mit ihrem Angriff begonnen, als unten der letzte Riese zu Boden gegangen war. Ein Einherjer schrie, denn seine Beine wurden von mehreren großen Steinen zertrümmert. Ein anderer ging am Kopf getroffen zu Boden und die Steine wurden nicht weniger.

Von unten hörten sie, wie die Riesen die Trolle anschrien. Diese folgten ihren brutalen Meistern, denn die eisigen Peitschen waren schmerzhafter, als die schweren Steine zu schleppen. Die ersten Einherjer kletterten die Klippe hoch. Doch dieser Wahnsinn wurde mit Blutzoll bezahlt. Denn die Trolle rollten die riesigen Klopper, die für die Katapulte bestimmt waren an den Rand und ließen sie auf die Köpfe der Kletternden fallen. Wieder zerrissen Schmerzensschreie die Luft und verebbten erst, als die leblosen Körper matt auf den Boden krachten.

Zähneknirschend verfolgte Heimdall das Schauspiel. Ihre Landung war ein einziges Desaster. Es wurde Zeit, dass sie das Ruder an sich rissen. Zuerst formierte er den Rest ihrer Mannschaft, damit sie sich im Schildwall vor den Steinen schützen konnten. Dann erklärte er ihnen, dass es das Beste wäre, um die Klippen herumzurennen und die Riesen und

Trolle dann im offenen Feldkampf aufzureiben. Nachdem alle den Plan vernommen hatten, warteten sie noch einen Moment, dann stieß Heimdall seinen Kriegsschrei aus und sie rannten los.

Der Überraschungsmoment gelang. Die Trolle konnten mit der neuen Situation nicht umgehen und nur ein weiterer Einherjer wurde von einem der Steine niedergestreckt. Die asische Meute rannte, als ob es um ihr Leben ginge, bis sie eine steile Schneise in den Klippen fanden, die gerade noch geeignet war, um einfach hochzurennen. Sie rannten und dann formierten sie zwei kleine Schlachtenreihen.

Die Riesen sahen sich einer Zangenbewegung aus Asen gegenüber, die immer näher kam. Sie hieben wie wild auf ihre Trolle ein, die weiter Steine warfen. Doch die Panik war ihnen anzusehen. Denn Asen waren furchtbare Krieger und den Vorteil der Klippen hatten sie verloren. Dann brach der Sturm los. Zuerst zerhackten die Asen die Trolle als Rache für ihre gefallenen Brüder.

Als nächstes formierten sich zwei Haufen. Oben an der Klippe zogen sich die Riesen zusammen und schwangen mit ihren gigantischen Keulen. Weiter unten formierten sich die Asen. Dann schrien beide Seiten und rannten wie wild aufeinander zu. Ein wildes Getümmel entstand. Wut und Rachedurst trieben die Asen an und die Riesen wollten ihr Land verteidigen. Am Ende hatten sie jedoch keine Chance gegen die asischen Kampftechniken. Endlich war es auch Modi, der sich besonders hervortat. Seine Schmach am Strand steckte ihm noch immer in den Knochen. So war er es diesmal, der die meisten Riesen fällte und auch den Anführer der Horde besiegte.

Jubel brach aus, als der letzte Riese zu Boden gegangen war. Diesmal hatten sie keinen Waffenbruder verloren. Denn in der offenen Feldschlacht waren sie ein eingespieltes Team. Jeder bewachte die Schulter des anderen und sie hatten keine Lücke gelassen, durch die die Riesen ihnen hätten Schaden zufügen können. Nach dem Jubel schlugen sie ein kurzes Lager auf. Sie wollten ausruhen und einen Plan schmieden, wohin ihr weiterer Marsch gehen sollte.

Zu ihrer Überraschung tauchten ein paar kleine Kobolde auf und baten um Speis und Trank. Das Gastrecht der Asen war streng und so gewährten sie ihnen beides. Dabei erfuhren sie viel, denn die kleinen Strolche waren redselige Gestalten. Sie erzählten von einer großen Feste und einem reichen Berg. Beides gehörte einem Eisriesenfürsten, der sehr reich war. Denn der Berg war voll von Edelsteinen aller Art und er ließ mit den eisigen Peitschen seiner Männer die Trolle Tag und Nacht schwer in den Stollen schuften, damit sie ihm mehr funkelnde Steine brachten.

Schnell wurde den Einherjern klar, dass sie diese Beute wollten. Ein solcher Schatz aus Edelsteinen würde eine ruhmreiche Geschichte abgeben. Auch Magni und Modi befeuerten die Idee, schnellstens zur Burg zu ziehen und die Edelsteine zu erbeuten. Eine solche Geschichte würde ihre Namen ehrenvoll klingen lassen. Als es dann darum ging, Späher zu schicken, welche die Lage der Burg und die Stärke der Gegner auskundschaften sollten, waren es Magni und Modi, die sich freiwillig meldeten.

Kaum einige Augenblicke später zeigten ihnen die Kobolde die Richtung und die beiden Thorssöhne marschierten los. Lange stapften sie durch die Schneelandschaft. Mal stapften sie durch tiefen Schnee, mal über eisige Felsen. Es gab nicht viel in Niflheim. Ein paar tote Seelen und zwei ungemütliche Aasfresser kreuzten ihren Weg, bis sie endlich die Zinnen der Burg sahen. Sie suchten sich auf einer Bergkuppe Deckung, um zu beobachten, was auf der Burg vor sich ging.

Es herrschte ein hektisches Treiben. Viele schwer beladene Karren wurden in die Burg geschafft. Es gab nicht nur Trolle, die schwer schufteten. Sie sahen auch Zwerge und Menschen, die an Ketten gebunden, Säcke und Werkzeug schleppten. Zwischen den Massen an Arbeitsvolk waren gut gepanzerte Eisriesen. Magni und Modi wurde klar, dass es kein einfaches Unterfangen werden würde, die Burg zu erobern.

Magni schlug vor, auf die Nacht zu warten, um sich das Treiben aus der Nähe anzusehen und um einen Punkt zu suchen, von dem sie angreifen konnten. Also warteten sie auf die Nacht. Dann schlichen sie sich kriechend an. Als sie sich dem Weg zur Burg näherten, entdeckten sie einige Bettler am Wegesrand. Spontan krochen sie zu ihnen und schlugen sie nieder. Dann stahlen sie ihnen die Kleidung, um sich unerkannt in die Burg schleichen zu können. Denn solch stinkendes Pack würden die Riesen nicht kontrollieren.

Modi fiel es schwer den Gestank der Umhänge und Decken zu ertragen. Doch er hatte keine Wahl und als sie dem großen Tor näherkamen, fügte er sich ganz in seine Rolle und fing an, wie ein Unglücklicher zu humpeln. Die schwer gepanzerten Wachen würdigten sie keines Blickes, scheinbar waren sie Gesindel gewohnt. Auch schien die Nachricht vom Kampf an den Klippen noch nicht zu ihnen gelangt zu sein. Denn in der ganzen Feste herrschte gemütliches Treiben. Für Modi und Magni war klar, dass sie ihre Mission schnell erfüllen mussten, um den Moment der Überraschung für sich nutzen zu können.

Modi bemerkte als erster, dass es keine bewaffneten Riesen innerhalb der Burg gab. Die Wachen am Tor und jene auf den Mauern schienen die einzige Wehrmannschaft zu sein. Die Thorssöhne wunderten sich. Es hieß wohl, dass sich der Riesenfürst unantastbar fühlte. Sie liefen alles ab. Die Burg war größer, als gedacht. Es hatte den Umfang eines kleines Dorfes. Überall waren die Menschen aktiv und stellten Schmuck aus den Eisjuwelen her. Plötzlich schreckte sie eine Fanfare hoch.

Alle Bewohner eilten an den Rand der Straße. Die beiden machten es ihnen nach. Dann kam der erste Riese in Sicht. Es handelte sich um eine gewaltige Muskelmaschine mit goldener Panzerung und einem glitzernden Helm. Hinter ihm marschierten sechs weitere Riesen und dahinter kam eine gigantische Trage, die von mehr als einem Dutzend Trollen geschleppt wurde. Die Nachhut bildeten vier weitere Riesen mit großen Keulen. Ohne zu zögern traten und hieben sie auf die Bewohner ein, die sich nicht demütig niederknieten und sich verneigten, als die Trage auf ihrer Höhe war. Auch Magni provozierte einen Tritt, weil er nicht bereit war, sein stolzes Haupt zu senken. Stöhnend ging er zu Boden als zwei Keulenhiebe ihn trafen. Als der Tross vorbei war, half ihm sein Bruder auf. Sie entschieden sich schnell eine Schwachstelle für ihren Angriff zu finden, denn diesem Ungetüm wollten sie seinen Hochmut austreiben.

Sie fanden, wonach sie suchten. Im Burginneren floss ein kleiner Fluss. Er musste aus dem vulkanischen Untergrund stammen. Es bedeutete, sie müssten nur den Zugang finden und könnten dann über ihn in die Feste gelangen. Eilig verließen sie die Burg. Nachdem sie außer Sicht waren, liefen sie rennend bis zum Lager der Asen und berichteten.

Heimdall war sich sofort sicher, dass er mit einem Zauber den Zugang zu dem unterirdischen Fluss finden könnte. Ohne noch weiter zu zögern, brachen sie auf. Am Ziel angekommen, fand Heimdall schnell eine Anhöhe, in die ein tiefer Tunnel lief, der bis zum Fluss reichte. Alle waren überrascht, wie heiß es unter der Erde war. Das machte das Schwimmen leichter. Der Weg war weit, aber sie waren kräftig und erreichten die Katakomben unter der Burg.

Nur ein paar Müllsammler waren unterwegs. Sie schlichen sich an und überwältigten jeden Einzelnen und fesselten sie, denn sie wollten kein Risiko eingehen. Dann warteten sie, bis ihre Kleider getrocknet waren. Nur Modi war vorgegangen, um die Lage auszuspähen. Er kam zurück, als die Nacht eingebrochen war. Alle brannten auf den Kampf. Denn jeder wollte sich beim Fürsten für die Katapulte bedanken, die sie ihr Schiff gekostet hatte. Er kam lächelnd zurück und jeder wusste, dass es Zeit war, zu Helden zu werden.

Eine Burg einzunehmen, war ein strategisches Meisterwerk. Sie konnten nicht wie Rüpel einfach drauf losstürmen. Deshalb schlichen sie sich im Schutz der Dunkelheit zuerst an den Rand zum Eingang der Katakomben. Jeden weiteren Schmutzsammler überwältigten sie, denn das Schlimmste, was passieren konnte, war, dass sie die Riesen zu früh entdeckten. So schlichen sie sich gedrückt an die Wände der Häuser durch die erste Gasse.

Es erstaunte sie, wie viel Betrieb mitten in der Nacht herrschte, als sie den Burgplatz erreichten. Die Schmieden brannten und die Hämmer und Feilen werkelten. Als sie sich umsahen, entdeckten sie zwei Wächter, die patrouillierten.

Die beiden passierten eine Werkstatt, in der ein Zwerg döste und keine Sekunde später weckte ihn der harte Schlag einer Peitschenspitze. Die Riesen brüllten und der Zwerg ging eilig wieder ans Werk. Die Einherjer beobachteten das Treiben. Nur Modis Liebe zur Gerechtigkeit ließ ihn nicht los. Er kroch über den Platz, rollte sich hinter ein paar Kisten vorbei und schlich sich durch die Schatten bis zu einer dunklen Gasse, in der niemand war.

Dann verbarg er sich hinter mehreren Fässern und wartete, bis die Riesen an der Gasse vorbeiliefen. Ohne länger zu zögern, warf er einen Stein an den Kopf des einen Riesen. Sofort versteckte er sich wieder und hörte nichts weiter als das Fluchen des Giganten. Einen Augenblick später lugte er hinter den Fässern vor. Der Riese hatte sich beruhigt und wollte seine Route fortsetzen. Modi griff sich einen größeren Stein vom Boden und feuerte ihn mit voller Wucht an den Kopf des zweiten Riesen.

Fluchtartig verkroch er sich hinter den Fässern und hörte nur das laute Fluchen. Dem Fluchen folgte ein stampfendes Geräusch, dass schnell näherkam. Anhand der Geräusche konnte er genau spüren, wann sie bei ihm sein würden. Vorsorglich zog er seine beiden Schwerter, bis der günstige Augenblick kam.

Modi hatte sich geduckt. Als der erste Riese angestampft kam, sprang er in Windeseile hinter den Fässern vor. Mit seinem Hauptschwert schlug er dem Riesen die Peitsche aus der Hand. Dann führte er einen zweiten Sprung hin zum Kopf des Riesen aus. Mit brutaler Gewalt stieß er sein Kurzschwert unter das Kinn des Riesen, so dass es oben am Kopf wieder rauskam. Der Riese war so schnell tot, dass er nicht einmal mehr schreien konnte. Jedoch brüllte der zweite

Riese wütend. Er holte mit seiner Peitsche aus und traf Modi direkt am Kopf. Dieser wurde zurück geschmettert.

Der Riese grölte und holte ein zweites Mal aus. Doch Modi war vorbereitet. Das tägliche Training in Asgard hatte ihn auch die Abwehr von Peitschen gelehrt. So schaffte er es mit der Spitze seines Schwertes die Peitsche festzuhalten. Dann griff er fest zu. Der Riese hielt dagegen, doch die Kraft des jungen Asengottes war stärker und riss den Riesen von den Beinen. Er knallte auf den Boden und keine Sekunde später, hatte sich Modi springend aus seiner liegenden Position erhoben und war mit einem weiteren Satz auf dem Rücken des Riesen gelandet. Blitzschnell stieß er sein Schwert in den Nacken des Giganten. Nachdem er ihn ausbluten lassen hatte, schleifte er die beiden Ungetüme hinter die Fässer und bedeckte sie mit etwas Stroh. Dann schlich er sich unter den anerkennenden Blicken der Einherjer zurück.

Auch Heimdall und sein Bruder Magni waren in der Zwischenzeit nicht untätig geblieben. Sie hatten einen Seiteneingang ins Burginnere entdeckt, der nur von einem Riesen bewacht worden war. Gekonnt hatten sie ihn ausgeschaltet. Mit der Rückkehr Modis marschierten sie still und heimlich ins Innere der Feste. Die Gänge waren schmal. Das überraschte alle, denn für die Riesen war das nicht typisch. Die zwei Diener, die sie auf dem Weg fanden, waren auch keine Riesen. Es waren zwei Zwerge, die sie kurzerhand ohnmächtig schlugen und in einer Kammer versteckten.

Endlich fanden sie die große Haupthalle. Sie waren sehr vorsichtig vorgedrungen, bis helles Licht in den dunklen Gang gefallen war. Im Gegensatz zu den Gängen war die Halle gigantisch groß. Das erstaunlichste war jedoch die Anzahl der Wachen. Mehr als zwei Dutzend standen herum und es waren nicht nur Riesen. Obwohl sich Riesen und Zwerge sonst nie mochten, waren mehr als die Hälfte der Bewaffneten von zwergischer Art. Ihre Waffen und die Narben in ihren Gesichter verrieten, dass sie kampferprobte Gesellen waren.

Aus dem Nichts raste eine Axt an Modi vorbei und traf den Einherjer hinter ihm mitten im Gesicht. Blutüberströmt brach er zusammen. Sofort ging ein Ruck durch die Asen und sie hoben die Schilde und ihre gepanzerten Glieder. Vor ihnen kamen aus den Schatten mehrere dutzend Zwerge und zudem schrien urplötzlich die Riesen nach Verstärkung. Sie waren entdeckt worden und sie waren in der Unterzahl. Statt nur mit einem dummen Riesenhaufen, sahen sie sich auch noch kriegerischen Zwergen gegenüber. Die ließen ihnen keinen Augenblick zum Verschnaufen. Denn sofort flogen mehrere neue Äxte und Wurfspeere. Die meisten wehrten die Asen ab, doch einige gruben sich tief in die Glieder.

Heimdall fluchte. Er nannte sich Narr, dass er geglaubt hatte, eine Burg wie diese mit einem Streich nehmen zu können. Doch er war noch nicht bereit aufzugeben. Zornig stürmte er vor und rief zugleich Kommandos, damit die Einherjer eine bestimmte Formation einnahmen. Magnus und Modi schonte er am wenigsten. Er bellte sie an, die Tür zu verteidigen, um ihnen den strategischen Vorteil des schmalen Korridors zu sichern. Denn solange sie den halten konnten, war die Überzahl der Burgwehr nicht relevant.

Blutig schlugen sich die Thorssöhne eine Schneise durch die Zwerge. Als sie endlich den Türrahmen erreichten, prügelten mehrere Keulen wild auf sie ein. Magni und Modi fiel es schwer, ihre Stellung zu halten. Erst als zwei Einherjer zu ihrer Verstärkung kamen, gelang es ihnen, indem sie eine

Barrikade errichteten. Jetzt konnten nur noch einzelne Riesen von vorn vordringen und hinter ihnen rieben ihre Waffenbrüder die Zwerge auf.

Nach einiger Zeit wurde es ruhig. Unter geringen Verlusten waren die Zwerge besiegt und auch vor ihnen kehrte Ruhe ein, denn die Riesen stellten ihre Angriffe ein. Heimdall und der Rest der Männer schlossen zu ihnen auf. Ihre Situation war festgefahren, aber sicher. So glaubten sie zumindest. Plötzlich wurde es in der Haupthalle laut. Als Heimdall sich ein Bild von der Situation machte, wurde er missmutig. Es waren nicht nur viele neue Riesen aufgetaucht, sie hatten auch wilde Trolle im Schlepptau, die sie mit ihren Peitschen kontrollierten. Einige der wilden Kreaturen schleppten einen Rammbock und es war sofort klar, dass sie ihn gegen die Barrikade einsetzen würden. In dieser Situation entschied sich Heimdall, die beiden Thorssöhne als Späher zurück zu schicken, um nach einem anderen Weg zu suchen, der tiefer in die Burg führte. Er und die restlichen Einherjer wollten so lange die Stellung halten.

Mit gezückten Schwertern und ihren mächtigen Schilden stürmten Magni und Modi den Gang, den sie gekommen waren, entlang. Statt des Ausgangs wählten sie eine schmale Treppe, die hinauf in die oberen Stockwerke führte. Einige Diener begegneten ihnen. Da sie schon entdeckt worden waren, ließen sie sie links liegen und rannten weiter, bis sie auf den Ausguck des Turms gelangten. Von oben sahen sie, wie das große Haupttor geschlossen worden war und weitere Riesen von den Mauern in die Burgfeste eilten. Dann stiegen sie wieder herab, bis sie ein mittleres Stockwerk erreichten. Sie liefen die langen Gänge entlang, die über dem Gang verlaufen mussten, in dem Heimdall die Stellung hielt. Am

Ende kamen sie zu einer Tür, hinter der ein Balkon lag, der über der großen Halle hing. Geduckt schlichen sie sich an den Rand.

Unten ging der Kampf weiter. Zwar hatte Heimdall ihre Position halten können, doch sie sahen, dass die Zahl der noch wehrfähigen Einherjer immer geringer wurde. Die Riesen und Zwerge hingegen schienen immer mehr zu werden. Zudem schickten sie vermehrt die stumpfen Trolle vor. Zwar erschlugen die Asen einen nach dem anderen. Doch das raubte ihre Kräfte. Plötzlich wurde ein großes Tor am Ende der Halle aufgestoßen. Magni und Modi erkannten sofort den muskulösen Riesen mit der edlen Panzerung wieder, den sie während ihrer Mission als Späher auf der Straße gesehen hatten. Er funkelte böse und schrie laut. Der Tross der Burg drehte sich um und alle beugten ihre Knie. Dann erkannten die beiden den Auslöser: Der Riesenfürst erschien in voller Rüstung und mit edlem Prunkschwert.

Auch Heimdall schien den Fürsten bemerkt zu haben und spähte in den Saal. Der Fürst marschierte nahe zur Stellung der Asen, aber immer gut gedeckt von seiner Leibwache. Dann forderte er sie auf, sich zu ergeben. Er versprach ihnen nur eine Hand abzuhacken, aber ihnen das Leben zu lassen, falls sie sofort kapitulierten. Es war nicht das Gelächter, was den Riesenfürst danach so zornig machte, sondern der lebensmüde Einherjer, der aus der Tür geschossen kam und fuchsteufelswild auf die Leibgarde zurannte.

Er hatte keine Chance und doch brachte er seinem Namen Ruhm und Ehre. Zuerst war nur einer der Leibgardisten ihm entgegen getreten. Doch diesem hatte der Einherjer erst die Waffenhand und dann den Kopf abgeschlagen. Zwei weitere eilten ihm nach. Auch diese fällte der Einherjer wie junge

Bäume. Als dann zwei weitere fielen, trat ihm der muskulöse Riesenkommandant mit drei weiteren entgegen. Während er es noch schaffte einen der Riesen zu besiegen, wurde er von dem riesigen Schwert des Kommandanten und den Hieben seiner Riesen in Stücke gehauen.

Von oben versuchten die Thorssöhne einen Ausweg zu finden, doch die Situation war aussichtslos. Selbst eine Flucht würde nur unter schweren Verlusten möglich sein. Das einzige was Sinn machte, war, den Riesenfürsten als Geisel zu nehmen und sich so die Flucht zu erpressen. Doch dazu mussten sie zuerst in seine Nähe kommen. Modis Blick wanderte zu den langen Wandteppichen, die bis zum Boden reichten. Sein Bruder verstand sofort. Sie mussten nur einen Moment abpassen, in dem es unten hektisch war und sie niemand bemerken würde. Dann könnten sie ganz leicht die Gunst des Augenblicks nutzen und unbemerkt an den Wandteppichen nach unten klettern, um den Riesenfürsten als Geisel zu nehmen. Sie mussten nicht lange auf ihre Gelegenheit warten. Der muskulöse Anführer der Leibgarde forderte ein Duell mit Heimdall. Das nahm der Asengott sofort an. Denn er liebte das Kämpfen und würde niemals die Herausforderung eines Riesen ablehnen, denn das würde seine Ehre beschmutzen.

Vollbewaffnet verließ Heimdall die geschützte Position. Ein stürmischer Riese hielt es nicht mehr aus und schlug wild mit seiner Keule zu, um Heimdalls Schädel zu zertrümmern. Dieser lächelte nur, wich mit einer kleiner Bewegung aus, aus der heraus er seine Parade formte und dem Riesen mit dem ersten Hieb die Nase abtrennte und mit dem Zweiten sein Schwert in dessen Bauch versenkte. Unter dem Grummeln der umstehenden Riesen sank der Gigant blutüberströmt zusammen. Nur die erhobene Hand des Kommandanten verhinderte weitere ungestüme Angriffe.

Die Riesen formten einen Kreis und der Fürst ließ sich eine bequeme Trage bringen, welche von zwölf starken Trollen geschultert wurde. Unter tosendem Applaus betrat der Kommandant den Kreis. Immer lauter wurde das Gerassel mit den Schwertern und Keulen, ebenso das Grölen, bis der Kommandant wieder seine Hand hob. Augenblicklich kehrte Totenstille ein. In Zeitlupe hob er sein Prunkschwert und zeigte mit der scharfen Spitze auf Heimdalls Hals. Der ließ sich auf das Spiel ein und schlug mit einer drehenden Bewegung die Spitze weg und ließ das Schwert weiter kreisen, um seinen erste Angriff auszuführen. Der Riese parierte es gar nicht erst. Er wich einfach aus, als ob es nichts einfacheres gäbe. Dann stieß er zu, woraufhin Heimdall genauso leicht auswich, um ihm zu zeigen, dass er ihm in nichts nachstand. Das schien dem Riesenanführer gar nicht zu schmecken, woraufhin er fünf fette Hiebe mit seinem Schwert schwang. Diesmal schaffte es Heimdall nur den ersten beiden auszuweichen. Die anderen drei musste er mit seinem Schwert parieren. Jedoch war die Kraft des Giganten so groß, dass er rückwärts auf die Knie gehen musste, um standzuhalten.

Die Menge raunte. Das war die Chance für die Thorssöhne. Da alle Blicke auf Heimdall ruhten, sah niemand, wie die beiden sich an den Wandteppichen abseilten. Kaum dass sie unten angekommen waren, zögerten sie keinen weiteren Moment. Da sie ein eingespieltes Team waren, verstanden sie sich ohne Worte. Während Modi sich von vorne anschlich, lief Magni um die Trage herum. Als sie sich in eine gute Position gebracht hatten, warfen sie sich einen Blick zu und ließen ein Nicken folgen. Mit Anlauf sprangen sie auf die Trage.

Ein Schrei erstickte in der Kehle des Riesenfürsten, als der scharfe Dolch Modis sich ins Fleisch grub. Augenblicklich ruhten alle Augen auf ihnen und Speere, Äxte und Schwerter wurden in Stellung gebracht. Erst als der Kommandant die Hand erhob, senkten sich die Waffen wieder. Wütend starrte er die beiden Thorssöhne an. Diese Narretei kostete ihn alles. Denn Heimdall war ein zu erfahrener Krieger, um sich eine Chance durch die Lappen gehen zu lassen. So hatte er in dem Moment, als der Kommandant sich zu seinem Fürsten umgewandt hatte, sein Schwert in den Rücken des Giganten gerammt. Dann hatte er nicht länger gezögert und war zurück zu seiner Stellung hinter der Tür gerannt, allerdings ohne sein Schwert, das weiterhin im Riesen steckte, der sich wie ein Wilder versuchte, auf den Rücken zu fassen, um das Schwert herauszuziehen. Stumpfes Stöhnen ging durch die Menge. Auch wenn der Fürst der Oberste war, so wurde an den Reaktionen der Riesen klar, dass der Kommandant der eigentliche Kopf der Riesenmeute war.

Magnis Schrei zerriss die Luft und alle starrten ihn an. Ohne den Kommandanten waren die Riesen wie ein Körper ohne Kopf. Der Thorssohn bellte seine Kommandos. Doch niemand rührte sich. Magni warf einen Blick nach hinten und Modi drückte seinem Dolch tiefer ins Fleisch, so dass das erste Rinnsal Blut aus dem Hals des Fürsten schoss. Wütend und zugleich ängstlich schrie der Riesenfürst und wies seine Meute an, alles zu tun, was die Götterbrut wollte.

Zuerst forderten sie alle auf, ihre Waffen abzulegen und dann Heimdall und die restlichen Einherjer ungehindert zu ihnen kommen zu lassen. Als Heimdall bei ihnen ankam, übernahm er das Reden. Was er forderte, waren alle großen Eisjuwelen. Sie hatten keinen anderen Wert für ihn, als dass sie als Trophäen und Erinnerungen an ihr Abenteuer dienen sollten. Denn Heimdall hatte längst begriffen, dass das einzig vernünftige war, schnellstens aus der Burg zu fliehen, weil pausenlos neue bewaffnete Riesen und Zwerge in den Raum stürmten und Kriegsgerät ankarrten.

Als sich niemand bewegte, zog Heimdall sein Kurzschwert und stach es brutal in die Hand des Fürsten. Fluchend und schreiend vor Schmerzen befahl er seinen Männern, alles zu tun, was die Asen wollten. Dann sah er zu, wie seine größten Schätze angekarrt und auf einen Haufen geschüttet wurden. Modi drückte weiter seinen Dolch an die Kehle des Fürsten. Der konnte sich nicht rühren, stieß jedoch pausenlos die schlimmsten Flüche aus und schwor den Asengöttern ewige Rache.

Dann war der Haufen groß genug und Heimdall bereit, den Regenbogen zu rufen. Er versammelte alle Männer und webte die Magie. Gerade als das erste bunte Licht erschien, zog Modi die Zunge des Riesenfürsten heraus und schnitt sie ab. Unter den grässlichen Schmerzensschreien des Fürsten verließen sie die Eiswelt und gelangten zurück nach Asgard. Alle waren sehr erschöpft. Doch an Ausruhen war nicht zu denken. Sie stürmten in die Walhalla. Denn jeder sollte von ihrem neuesten Abenteuer erfahren. Endlich konnten sich auch die Thorssöhne mit einer Heldentat brüsten. Besonders Modi schwang große Reden und brüstete sich, indem er allen die gigantische Zunge des Riesenfürsten zeigte.

Loki

Der Stein traf ihn direkt am Kopf. Wütend schreckte Loki hoch und sah sich um. Nichts war auszumachen. Er rieb sich die Stelle, wo der Stein ihn getroffen hatte. Es würde bestimmt eine Beule geben. Erneut schaute er sich um, aber entdeckte nichts. Missmutig legte er sich wieder hin. Im selben Moment als er sich wieder ins Gras gelegt und die Augen geschlossen hatte, traf ihn der nächste Stein. Wütend schreckte er hoch. Wieder sah er nichts, doch er hörte ein unterdrücktes Kichern.

Loki legte sich wieder hin, doch diesmal hatte er seinen Dolch gezogen und wartete. Er musste nicht lange warten. Kaum zwei Augenblicke später traf ihn erneut ein Stein direkt auf die Nase. Er war darauf vorbereitet gewesen. Blitzschnell ließ er seine Hand vorwärts schnappen und sie beförderte seinen Dolch direkt in die Richtung aus welcher der Steinwurf gekommen war.

Ein greller Schrei zerriss die Stille. Jemand fluchte, dass er ihn fast mit seinem Dolch getroffen hätte. Das enttäuschte Loki. Normalerweise waren seine Messerwurfkünste tadellos. Er nahm sich vor, mehr zu üben. Zugleich weckte ihn die Neugier, welcher dreiste Kobold die Frechheit besessen hatte, dem großen Gott Loki Steine an den Kopf zu werfen.

Als er das kleine Volk sah, schmunzelte er. Mehrere der kleinen Naturgeister standen um einen ihrer Freunde herum und versuchten ihn, von dem Dolch zu befreien, der seine Jacke an einem Baum geschmettert hatte und scheinbar so tief und fest im Holz steckte, dass das kleine Volk ihn nicht rausbekam.

Als sich Loki näherte, nahm das kleine Volk reiß aus. Nur der Erdolchte blieb zurück und blickte den Asenclown wimmernd an. Loki lachte: So mochte er die Leute, wenn sie sich unterwarfen. Der Kleine bibberte und begann zu flehen und sich für die Steine zu entschuldigen. Loki blieb ungerührt. Statt weich zu werden, zog er sein Schwert, um den Kleinen noch mehr zu erschrecken. Der wurde immer hektischer, denn er sah sein letztes Stündchen geschlagen. Plötzlich fing er an, Loki etwas von einem magischen Schatz zu erzählen, zu dem er den geheimen Zugang kannte. Magie und Schatz waren wie Schlüsselwörter in Lokis Geist und ließen die Glocken in seinem Kopf läuten. Ihm war sowieso langweilig gewesen, als er auf der Wiese gelegen hatte. Eine Schatzsuche war genau das, was er brauchte.

Langsam senkte er die Spitze seiner Klinge auf den Hals des kleinen Wesens. Sein Schrei zerriss die Luft. Auch weil er spürte, wie das übrige kleine Volk ihn aus ihren Verstecken beobachtete. Er lachte und als der Kleine bemerkte, dass er noch eine letzte Chance hatte, begann er ihm alles zu erzählen. Was Loki gefiel, denn es klang nach einem echten Abenteuer, das Ruhm und Reichtum versprach.

Was er hörte, war die Geschichte, wie sie tausendmal in jeder Schenke erzählt wurde und doch lag in den Worten des Kleinen etwas glaubwürdiges, das nur echte Todesangst hervorbrachte. So kamen sie schließlich überein. Der Kleine würde ihn bis zum Fuß des Berges führen, auf dem die Höhle lag, in der sich der magische Schatz befand. Er zog den Dolch heraus, ohne befürchten zu müssen, dass der Kleine einfach davonrannte. Seine Angst war zu groß und eine Flucht konnte schnell tödlich enden.

Sie marschierten los. Schon nach einiger Zeit hatte Loki die Schnauze voll, immer auf den Kleinen warten zu müssen. Er setzte ihn sich auf die Schulter und begann zu rennen. Der Kleine führte ihn durch einen Birkenwald, durch mehrere Flüsse und einen Sumpf. Dann tauchte die Kuppe eines Berges am Horizont auf.

Es war ein toter Vulkan, zumindest wenn man von einigen vereinzelten Rauchsäulen absah. Am Fuß des Berges lag eine kleine Stadt. Doch sie war vollkommen verlassen und schien niedergebrannt worden zu sein. Loki wurde schnell bewusst, dass es nicht die Lava gewesen sein konnte. Auch wenn es Feuerschneisen gab, so waren es vor allem die Dächer, die Feuerschäden aufwiesen. Als der Kleine Lokis erstaunte Blicke sah, hauchte er das Wort Feueratem aus. Mehr sagte er nicht. Loki dachte sich, dass es irgendeine Kriegsmaschine sein musste. Sie liefen durch die Straßen, bis die Häuser aufhörten und eine steinige Straße anstieg zu einem steilen Bergpass.

Der Kleine stoppte auf einmal und war nicht bereit weiterzugehen. Da seine Augen vor Angst glühten, ließ Loki den Dolch stecken und begann den Aufstieg allein. Es war ein schöner Berg. Er konnte sich nicht vorstellen, wie jemand vor so einem majestätischen Berg Angst haben könnte. Schließlich tauchte eine Feste auf, die in den Berg eingelassen worden war. Einst mussten dort mächtige Könige residiert haben, denn die großen Statuen zeugten von meisterlichen Handwerkern. Er betrat die Eingangshalle. Die Statuen der ursprünglichen Besitzer blickten von allen Seiten auf ihn herab.

Er wanderte lange durch die Feste, bis er zum großen Saal kam. Ein riesiger Thron war aufgebaut, der aus purem Gold bestand. Hinter dem Thron lag eine gigantische Tür. Gerade machte er sich auf den Weg, die Halle zu durchschreiten, da hörte er das Tapsen von Krallen. Augenblicklich zog er sein Schwert. Er würde jede Kralle kürzen, die es wagen würde, sich ihm zu nähern.

Der Sprung kam trotzdem unerwartet. Hinter einer Säule hatte sich das Ungetüm versteckt, dass ungefähr die Größe eines Pferdes hatte. Es sah aus wie eine riesige Eidechse und seine Krallen waren messerscharf, wie Loki feststellen musste, nachdem er den ersten Angriff mit seinem Schwert pariert hatte. Wütend schoss das Echsenmonster seine gezackte Zunge raus. Womit Loki nicht gerechnet hatte, war der Feuerodem, der der Zunge folgte. Nur weil er im letzten Moment zurückschnellte, versengte es ihm nur den Saum seines Obergewandes. Endlich ergab die Warnung des Kleinen, der ihn zur Bergfeste geführt hatte, einen Sinn. Dieses Wesen war ein kleiner, feuerspuckender Drache. Es war sicher für die verbrannten Häuser verantwortlich.

Doch mit einem Asen hatte es sich noch nie gemessen. Ein kleines Lächeln huschte über Lokis Gesicht, während sein ganzes Wesen in den Kampfmodus umschaltete. Das harte Training in Asgard hatte ihn geformt und er würde ohne Probleme mit einem Feuerdrachen fertig werden. Der adoptierte Ase wartete den nächsten Feuerstoß des Drachens ab. Noch durch die Reste, des sich in der Luft auflösenden Feueratems, sprang er vorwärts und hieb mehrmals brutal mit seinem Schwert zu. Geblendet vom eigenen Feuer, sah der Drache den wilden Gott des Schabernacks zu spät, um schützend die Klauen hochreißen zu können. Der erste Hieb traf ihn am Oberkiefer. Der zweite Hieb schlug eine tiefe Kerbe in seinen Unterkiefer. Beim dritten drehte sich Loki zur Seite und hieb den oberen Teil des Kopfes seines Gegners ab. Geschockt stieß die Echse noch einmal Feuer aus und verbrannte ihm die Hand. Dann fiel sie tot zur Seite. Überlegen lachte der Ase. Ein kleiner Feuerspucker wie dieser Drache konnte ihn nicht aufhalten und nachdem er die feuerspeiende Ratte ausgetrieben hatte, gehörte die ganze Feste ihm.

Man(n) sollte nie die Rechnung ohne den Wirt machen und der Hochmut kommt bekanntlich vor dem Fall. Denn Loki hatte es nur für den Todesschrei der kleinen Bestie gehalten. Doch plötzlich fing die gesamte Festung an, genauso zu schreien. Missmutig biss er die Zähne zusammen, wie es aussah, saß er mitten in einem Rattennest kleiner feuriger Drachen fest. Ein leichtes Abenteuer mit wenig Aufwand, viel Ruhm und großem Schatz war nach seinem Geschmack. Aber die vielen Schreie hatten wie Hunderte dieser Viecher geklungen und da war ein gemütliches Nickerchen auf der Wiese doch verlockender. Also drehte er sich um und lief zum Ausgang. Doch die Tür erreichte er nicht mehr. Zwei der Drachen traten züngelnd durch sie hindurch und funkelten ihn böse an. Sie waren definitiv nicht zu Späßen aufgelegt. Doch das größte Problem war das Tapsen, dass er hinter sich hörte. Es wirkte, als hätten die Drachen ihn klammheimlich umstellt.

Am liebsten hätte er sich in den Hintern gebissen, dass er auf die Schnapsidee des kleinen Volkes gehört hatte. Diese vermaledeiten Winzlinge hatten ihn mitten in ein Nest von kleinen, mordlüsternen Drachen geführt. Wie als ob sie seine Gedanken gelesen hätten, spie plötzlich aus jeder Kehle der Feuerodem. Hastig dreht sich der Sohn einer Thursin um. Über zwanzig dieser Biester zählte er und ihm war klar, dass er in der Mitte des Raums wie auf einem Präsentierteller festsaß.

Seine Instinkte schrillten wie Warnglocken. Im nächsten Moment griff der erste Drachen mit seinen Krallen von vorne an und zugleich näherten sie sich von hinten. Er wehrte die Krallen mit seinem Schwert ab und stach mit dem Dolch in die Klaue der Feuerechse. Der Schrei des Tieres stachelte seine Gefährten an. Mit einem Mal griffen sie ihn alle gleichzeitig an. Alles was ihm blieb, war die Flucht. Er trat dem Tier vor ihm brutal auf die Nase und drehte sich dann mit dem Schwert voraus um, damit er die Krallen der ersten Bestie abwehren konnte, die ihm sonst den Rücken zerkratzt hätten. Die nächsten beiden Drachen griffen an. In seiner Ausweglosigkeit sprang er dem einen Drachen auf den Kopf. Mit einem Knall krachte der Kopf auf den Boden. Loki stach mit seinem Schwert quer durch den Schädel. Wieder zerriss ein Todesschrei die Luft und machte die anderen Drachen noch wilder. Er wartete nicht länger, zog das Schwert raus, sprang runter und lief zu der großen Tür, durch die er gekommen war.

Fast hatte er sie erreicht, da tauchten drei Feuerspucker im Türrahmen auf. Sie visierten ihn an und wie im Chor ließen sie ihrem Feuer freien Lauf. Nur mit einem Hechtsprung zur Seite schaffte er es, dem Feuer zu entkommen. Es schmerzte, als er auf dem steinigen Boden aufkam. Sie ließen ihm keine Sekunde zum Verschnaufen. Denn einer der Feuerspucker attackierte ihn mit seinen scharfen Krallen. In letzter Sekunde wehrte er die Krallen ab. In Windeseile raffte er sich auf und lief in die andere Richtung.

Als er die erste Tür durchquert hatte, schloss er sie mit einem lauten Knall. Sie war aus schwerer Eiche und würde vielleicht einige Zeit standhalten. Der Schlüssel steckte zum Glück; jedoch schob er noch eine schwere Wandtruhe vor die Tür. Dann nahm er seine Füße in die Hand und lief los. Zuerst kam er in einen langen, dunklen Flur. Wieder ließ sich eine Feuerechse blicken. Doch er machte mit ihr kurzen Prozess. Erst trat er ihr von unten gegen den Kiefer, dass ihr der Kopf nach hinten wegflog. Dann rammte er ihr den Dolch ins Auge und stieß abschließend sein Schwert tief in dessen Körper. Schleunigst zog er seine Waffe wieder raus. Denn die nächste Bestie war aufgetaucht und begrüßte ihn mit Feuer. Er schaffte es geradeso auszuweichen, übte dann jedoch gekonnt Rache und hieb dem Drachen den Kopf ab.

Er rannte weiter durch die dunklen Tunnel. Drei weitere Feuerdrachen kreuzten seinen Weg und er schaltete sie aus. Immer wenn er eine Tür passierte, knallte er sie hinter sich zu und verrammelte sie. Denn das Kratzen vieler Krallen kam immer näher. Gerade rannte er einen langen Tunnel entlang, an dessen Ende ein fahles Licht brannte.

Er rannte mit voller Geschwindigkeit und wäre fast den Balkon runtergefallen, der sich am Ende des Tunnels befand. Mit Mühe hatte er sich am Geländer festgehalten und starrte mit aufgerissenen Augen nach unten. Vor ihm war eine riesige Halle in den Berg gehauen. In ihr stapelten sich Gold und Edelsteine. Überall standen offene Kisten voll edler Schätze. Besonders eine edle Prunkrüstung erregte Lokis Aufmerksamkeit. Schon von weitem erkannte er, wie edel sie gearbeitet war. Es wirkte auch nicht wie eine dieser unnützen Rüstungen von den komischen Paraden auf Midgard. Diese Schmiedekunst musste von einem Waffenmeister gefertigt worden sein. Denn sie verstärkte genau die Stellen, die am ehesten im Kampf getroffen wurden.

Er schwang sich übers Geländer und ließ sich vorsichtig runter baumeln. Dann schritt er lachend über das Gold und die vielen Juwelen. Kurz legte er sich drauf, aber es war zu ungemütlich für ein goldenes Nickerchen. Als er die Rüstung erreichte, erkannte er, dass ihn seine Augen nicht betrogen hatten.

Er zögerte nicht länger und probierte Harnisch und Helm an. Sie passten, als ob sie eigens für ihn geschmiedet worden wären. Also legte er seine alte Panzerung ab und tauschte sie gegen die neue Rüstung ein. Etwas besseres hatte er noch nie gespürt. Die Platten fügten sich harmonisch ineinander. Jede Bewegung war leicht und er spürte das Gewicht kaum. Kurz war er skeptisch geworden. Dann hatte er wie ein Irrer mit seinem Knauf gegen den Brustpanzer gehämmert. Es hatte nicht einmal die kleinste Beule hinterlassen und schützte ihn perfekt vor den Schlägen.

Zu seiner größten Freude hatte sich unter der Rüstung, in eine dicke Decke gewickelt, ein stattliches Schwert befunden. Er hob es hoch. Die Klinge lag leicht in seiner Hand. Sie fühlte sich so scharf an, als ob sie den Wind zerschneiden könnte. Er band sich sein altes Schwert auf den Rücken und nahm das Neue als sein Hauptschwert an.

Tief in sich hatte er schon entschieden, wie er das Wunder seiner Entdeckung zu werten hatte. Also kletterte er wieder hoch zum Balkon. Was trotz der Rüstung enorm einfach war. Dann schritt er den langen Gang entlang, bis er zur ersten verschlossenen Tür kam. Als er die Kommode wegschob, mit der er die Tür blockiert hatte, bemerkte er ein Kribbeln in seinen Armen und dann verstand er, was das kleine Volk mit magischem Schatz gemeint hatte. Die Rüstung verstärkte seine Kräfte. Mit einer kleinem Handbewegung warf er die massive Holzkommode durch die Luft.

Dutzende wütende Augen starrten ihn an, nachdem er mit einem lauten Knall die Tür aufgestoßen hatte. Scheinbar waren diese Drachen sehr nachtragend und hatten ihm noch immer nicht verziehen, dass er ein paar ihrer Freunde in die nächste Welt geschickt hatte. Aber der Ase war bereit für den großen Spaß. Er schenkte der Bergfestung seinen wildesten Kriegsschrei und stürmte los.

Augenblicklich entfachte ein Feuersturm. Mehr als zehn Drachen spien ihm ihre geballte Ladung ins Gesicht. Wie durch ein Wunder nahm die Rüstung die ganze Kraft des Feuers auf. Loki sah sogar, wie sie glühte. Doch innen war es gemütlich kühl, als ob eine sanfte Brise durch die Rüstung wehte. Unbegrenzt lief er durch das Inferno und als er den ersten feuerspuckenden Drachen erreichte, nahm er nicht sein Schwert. Mit seiner freien Hand griff er durch das Feuer hindurch nach dessen Zunge. Er schleuderte den Drachen im Kreis und schmetterte ihn dann zu Boden. Mit voller Wucht stampfte er auf den Bauch des Drachens und erzeugte so die Gegenkraft, mit der er ihm die Zunge herausriss. Als dann das Ungetüm vor Schmerzen zappelnd vor ihm auf dem Boden lag, zermatschte er ihm mit einem gewaltigen Tritt seiner neuen Stiefel den Rest des Kopfes. Das ganze war so schnell gegangen, dass der Rest der Brut keine Chance gehabt hatte, zu reagieren.

Doch jetzt stürzten sich die anderen Drachen auf ihn. Mit ihren messerscharfen Krallen hackten sie nach ihm. Doch gegen die magische Rüstung waren ihre Krallen wirkungslos. Lokis neues Schwert hingegen glitt durch die Drachen wie durch warme Butter. Einem nach dem anderen spaltete er die Schädel und weidete ihre Eingeweide aus. Als er sein martialisches Werk beendet hatte, war der ganze Boden getränkt vom Blut der Drachen. Doch Loki hatte noch lange nicht genug. Er hatte Blut geleckt.

Getrieben von seinem Blutrausch durchsuchte er die ganze Feste. Auch wenn er noch viele weitere Schätze fand, so waren es doch die Drachen, nach denen er suchte. Wie sich zeigte, war die Feste weit in den Berg gehauen. Dutzende der kleinen Biester traf er in den Kammern und Werkstätten. Jedem von ihnen bereitete er ein schmerzhaftes Ende. Selbst die neue Brut der Drachen verschonte er nicht und machte schnellen Prozess, als er sie fand. Viele Stunden lief er durch die Feste, bis er sicher war, auch den letzten Feuerspucker ausgelöscht zu haben. Dann trat er zurück hinaus ins Freie. Er suchte sich im Dorf eine Wiese voller Blumen, nahm seinen Helm ab und ließ sich ins grüne Gras fallen. Vergnügt schaute er in den Himmel und lachte.

Der Wandersmann

Kalt wehte der Wind in sein Gesicht. Tief gruben sich die Stiefel in den Schnee. Schon lange stapfte er durch das Land. Keinen Hof hatte er passiert, in dem er um Obdach für die Nacht hätte bitten können. Die Sonne begann bereits ihre letzten müden Strahlen über den Horizont zu schicken.

Es wurde dunkel und er hörte nur noch das Knirschen des Schnees. Kaum dass er sich damit abgefunden hatte, die Nacht gehüllt in seinen blaugrauen Mantel zu verbringen, glomm ein Lichtschimmer hinter einem nördlichen Hügel.

Er wandte sich von seinem Kurs ab und stapfte den Hügel hinauf. Oben angekommen, spähte er das Land aus.

Vor sich lag ein Gehöft. Ein großes Langhaus und leichte Wehranlagen waren auszumachen. Rauch stieg auf und zwei Männer saßen um ein kleines Feuer. Er näherte sich. Die Männer am Feuer bemerkten ihn erstaunlich schnell. Bereit ihn zu töten, hielten sie ihre Spieße in seine Richtung. Er gab sich als alter Wandersmann zu erkennen und forderte das Gastrecht. Mürrisch fluchte der eine. Der andere hieß ihn freundlich willkommen. So führte er ihn dann ins Landhaus, während der Mürrische sich wieder seinen trüben Gedanken widmete.

Drinnen kochte der Kessel. Die Kinder hielten das Feuer am Leben und ein uriges, vollbusiges Weib rührte. Sieben wehrfähige Männer zählte er und die Weiber, Kinder und zwei Greise dazu. Das Glück war ihm hold, denn außer dem Mürrischen schien es ein vergnügtes Haus zu sein. Mit Ehre hieß man ihn willkommen. Auch wenn er sich nicht sicher war, ob die Freude ihm galt oder dem Grund, dass ein Gast gut bewirtet werden musste und sie deshalb Alkohol fließen lassen durften.

Das vollbusige Weib gab ihm gute Suppe. Dreimal ließ er sich den hölzernen Teller füllen. Sie mussten gute Ernte auf dem armen Land gemacht haben. Denn die Zutaten waren reich, so dachte er. Doch dann erklärten sie ihm, dass sie in einem nahen Stollen seltenes Erz abbauten und es teuer verkauften. Damit wurde ihm klar, wie so viele Wehrfähige auf einem kleinen Hof überlebten. Dann floss der Met. Wie reich sie waren, zeigte sich ihm erst, als er das edle Gesöff die Kehle runterkippte. Das war beste Braukunst und nicht von einem Landarbeiter nach der Feldarbeit selbst gebrannt.

Sie waren nicht geizig und erfüllten das Gastrecht aufs Beste. Alles was sie aßen und tranken gaben sie ihm. Selbst das Nachtlager war weich und frei von Ungeziefer. Am Morgen bedankte er sich. Selbst der Mürrische gab ihm den Handschlag eines Waffenbruders, auch wenn seine Miene noch immer übelst war.

Mit einem vollen Magen und guter Laune setzte er seine Wanderung fort. Er wusste, dass er bald die Küste und eine Hafenstadt erreichen würde. Als der Abend sich näherte, sah er das Meer. Erst in der tiefen Nacht erreichte er die kleine Stadt. Einlass gewährten sie ihm nicht vor Morgengrauen. Doch sie hatten eine kleine Hütte für die Nachtwanderer. Müde legte er sich zu dem anderen Pack und kaute den Rest des Fladens, den sie ihm auf dem Gehöft mitgegeben hatten.

Der Morgen kam und die Tore öffneten sich. Die Stadt war rau. Harte Augen bewerteten ihn. Einen Langfinger musste er mit dem Stock zu Boden prügeln, nachdem er sich an seinen Sack gekrallt hatte. Der Hafen bot zwei Gasthäuser. Das erste sah schmutzig aus. Es wirkte, als ob es abgebrannt und dann wieder zusammengeflickt worden war. Das einzig Gute war, dass es besser aussah als das Zweite. Deshalb betrat er den dunklen, muffigen Raum. Giftiges Zeug wurde geraucht. Schon ein paar Atemzüge ließen ihn an bunte Farben denken. Der Wirt war garstig, aber zum Glück gierig. Als er ihm blankes Gold für die Nacht und für die Info einer Überfahrt gab, behandelte er ihn wie seinen eigenen Sohn. Zimmer gab es zwar keine, aber er bekam eine eigene Ecke mit Tisch, nachdem der Wirt das Gesindel verjagt hatte. Versorgt mit Met und Geschmortem wartete er auf den Boten. Als der zurückkam, hieß es drei Tage. Drei Tage in der dreckigen Spelunke waren eine Zumutung. Doch eine andere Wahl gab es nicht. Wieder steckte er dem Wirt etwas zu, dass seine Augen größer werden ließ und ihm alle Annehmlichkeiten verschaffte, die der Schuppen zu bieten hatte.

Der Met und Schnaps waren schlecht. Allerdings machte es die Lage erträglicher. Auch die anderen Gäste wurden so annehmbar. Nach einiger Zeit schmiss er die erste Runde und nach der Dritte sangen sie Lobeshymnen auf ihn. Sogar die Einladung das giftige Kraut zu rauchen, nahm er an. Es schenkte Visionen und Farben und warf ihn auf die Bank in einen dämmrigen Halbschlaf. Alle lachten, als sie merkten, dass ihn ein paar Züge aus den Latschen gehauen hatten. Im geistigen Zwielicht dämmerte er dahin, bis der nächste Morgen kam. Als er erwachte, schlief auch der Rest der Schenke. Jeder hatte sich in eine Ecke verkrochen und schnarchte laut. Er ließ sich Brot bringen und frischen Met, um den Morgen angemessen zu begrüßen. Dann zog er aus, um zu sehen, welche Waren in der Stadt feilgeboten wurden.

Der Marktplatz war ein lausiger Ort und doch fand sich manche Kostbarkeit. Er kaufte ein paar Ketten mit edlen Steinen und schenkte sie den jungen, unverheirateten Frauen des Ortes unter den missbilligenden Blicken ihrer Väter und Brüder. Kurz darauf verließ er die Stadt für eine kleine Wanderung.

Der Schnee war frisch und seine Stiefel versanken tief. Die frische Luft befreite ihn von der schlechten Luft aus der Schenke. Er genoss die Stille der Landschaft, bis ein paar Pferde trampelnd am Horizont auftauchten. Ihre Reiter waren üble Gesellen, dass sah er sofort. Die Blicke, mit denen sie ihn einschätzten, waren voll Hass und Gier. Er ließ es zu, denn er wollte lieber die Ruhe der Schneelandschaft genießen, als diesen Gesellen eine Lektion erteilen.

Nach einer langen Wanderung kam er zurück und erreichte die Stadt kurz bevor die Tore geschlossen wurden. In seiner Schenke fand er zu seinem Bedauern die üblen Gesellen wieder. Sie hatten sich den besten Tisch ausgesucht. Es war zum Glück nicht seiner, jedoch lag er direkt neben ihm. Er verkroch sich in seine Ecke mit der Hand am Knauf seines Dolches. Er konnte den Ärger spüren, der von der Bande ausging.

Zu seinem Glück entlud er sich nur kurz. Der Hässlichste der Bande stand nach einiger Zeit einfach auf und suchte sich drei Dorftölpel und machte sich über sie lustig. Die Narren waren dumm genug, sich provozieren zu lassen. Den ersten streckte er sofort mit einer Kombination aus fünf Faustschlägen nieder. Dem zweiten rammte er seinen Dolch durch die Hand, als dieser zuschlagen wollte. Als der dritte panisch floh, verpasste er ihm mehrere Tritte in den Hintern, so dass er mit dem Kopf voraus auf den harten, eiskalten Boden der Straße krachte und regungslos liegen blieb. Unter Beifall und Gelächter kehrte der Hässliche an seinen Platz zurück.

Dem Wirt der Schenke schien das Schauspiel egal zu sein. Wahrscheinlich waren das alltägliche Szenen in dieser Baracke. Er bewirtete die Bande und außer ein paar Fragen über die Stadt und das Umland passierte nichts.

Der Abend zog sich langsam hin. Morgen würde sein Schiff auslaufen und er würde das Drecksloch hinter sich lassen. Eine erneute Einladung zum Kraut rauchen, lehnte er ab. Stattdessen vergnügte er sich mit dem schlechten Met des Wirts. Der Schlaf überkam ihn nur langsam. Im Halbschlaf bemerkte er, wie ein dunkler Geselle von einem Tisch aus der Ecke sich zu der Bande setzte. Er flüsterte mit ihnen. Doch seine Sinne waren geschärft, so dass er jedes Wort verstehen konnte. Und plötzlich war er wach.

Böse funkelte er den dunklen Boten mit seinem einen Auge an. Denn der böse Geselle hatte der Bande von dem Gehöft im tiefen Schnee erzählte, welches ihn so freundlich aufgenommen hatte. Mit großen Augen hatte er von den Reichtümern erzählt, die dort versteckt waren und das es keine echten Wehranlagen gab. Nur einen kleinen Teil der Beute wollte er haben, wenn er die Bande zu dem Gehöft führte.

Das üble Gesindel hatte gegrölt und sofort zugestimmt. Ehe er es sich versehen hatte, waren sie aus der Schenke gestürmt und er hörte das dumpfe Getrampel der Pferde, die sie in die Nacht trugen. Dumpf schnaubte er. Eigentlich wollte er so schnell wie möglich aus dieser Einöde weg. Aber er hatte die Pflicht seinen Gastgebern zu helfen. Als er durch die Eiseskälte gewatet war, hatten sie ihn wie einen Bruder empfangen und bewirtet.

Wütend knallte er die Faust auf den Tisch und rief den Wirt. Als er ihn um ein schnelles Pferd bat, wusste der Wirt nicht woher er eins nehmen sollte. Erst das Goldstück, dass er dem Gierhals zuwarf, änderte seine Meinung und schon wenig später holte ihn ein Bursche ab und zeigte ihm ein Pferd. Der Gaul war zwar alt, aber er hatte Seele. Schon vorab entschuldigte er sich, für den mörderischen Ritt, den er ihm auferlegen musste. Dann preschte er los.

Die Nacht war dunkel. Die Sterne hell. Jeder Hügel sah gleich aus. Hätte er nicht über geschärfte Sinne verfügt, hätte er nie den Weg zum Gehöft zurückgefunden. Aber so trieb er sein Ross gnadenlos an. Der tiefe Schnee war gefährlich für das arme Tier. Alte Äste oder spitze Steine konnten sich darunter befinden. Aber es war keine Zeit, um Rücksicht zu nehmen. Die üble Bande könnte das Gehöft schon erreicht haben. Falls er sie retten wollte, musste er alles aus dem Tier herausholen.

Das Gehöft tauchte am Horizont auf. Zuerst sah er die Tiere der Bande. Dann erblickte er zwei von ihnen, die einen der Männer massakrierten. Abwechselnd traten sie ihm ins Gesicht und spuckten ihn an. Er trieb ein letztes Mal das Pferd an. Die beiden bemerkten ihn und machten sich für den Anstürmenden bereit. Reitend stieß er den Ersten zu Boden. Dann sprang er vom Pferd und gab dem alten Gaul einen heftigen Klaps auf den Hintern. Brüllend stürmte er gegen den Zweiten. Zuerst schlug er ihm das Schwert aus der Hand. Dann zerstörte er mit drei furchtbaren Hieben dessen metallbeschlagenes Schild. Als er dann kauernd und winselnd vor ihm am Boden kniete, rammte er sein Schwert in das bettelnde Mundwerk und wartete bis die Zuckungen des leblosen Körpers aufgehört hatten.

Der Erste hatte sich von seinem Schock erholt und war dabei, wieder auf die Füße zu kommen. Er wartete nicht lange. Ein kurzer Sprint und er führte einen stampfenden Tritt gegen den Kopf des Üblen aus und beförderte ihn unsanft zurück auf den Boden. Auch das Schwert, welches er angriffslustig in die Luft hob, stieß er mit seinem Stiefel weg, sodass die Klinge durch die Luft flog und weit weg im Schnee landete. Blut lief dem am Boden Liegenden über die Stirn, das sicher noch von dem Zusammenprall mit dem Pferd stammte. Er fügte ihm mehr hinzu, indem er seitlich in den Kopf des Mannes schlug. Als er seine Klinge wieder rauszog, spritzten Blut und Haarbüschel und zeichneten den Schnee. Abermals hieb er zu.

Der Üble guckte bedeppert drein, hielt sich aber noch sitzend aufrecht. Also schlug er wieder zu und dann nochmal und nochmal. Dann klappte der tote Körper nach hinten in den Schnee. Er ging zu dem Bewohner des Gehöfts. Blutend und reglos lag er am Boden. Aus seinem Mund entwich der Dampf seines Atems und als er sich die Wunden ansah, wurde ihm klar, dass sie nur oberflächlich waren. Es wurde Zeit den Rest der Bande zu finden und sie unschädlich zu machen.

In diesem Moment weckte ein unterdrückter Schrei seine Aufmerksamkeit. Er kam aus dem Langhaus. Eilig lief er hinein. Das Bild der Verwüstung machte ihn wütend. Dieses freundliche Volk hatte ihm ihr heiles Heim als Nachtlager gegeben. Gern erinnerte er sich daran zurück. Jetzt waren die Körbe und die Kessel umgestoßen. Zerbrochene Werkzeuge lagen auf dem Boden. Im Stroh loderte schon ein Feuer, das alles verzehren könnte, falls ihm kein Einhalt geboten würde. Er löschte es. Da hörte er den unterdrückten Schrei erneut. Jetzt wurde ihm klar, dass es eine Frauenstimme war und er sie schon einmal gehört hatte.

Er ging in die Richtung, aus der die Laute gekommen waren. Das Vieh war dort untergebracht. Vieles davon lag abgeschlachtet auf dem Boden. Aber das interessierte ihn nicht. Es war der hässliche Hinterkopf, an den er sich noch gut erinnerte, als er die Dorftölpel in der Schenke vermöbelt hatte. Auf den zweiten Blick wurde ihm klar, welches üble Werk er diesmal anrichtete. Denn sein Becken bewegte sich rhythmisch vor und zurück. Ein nacktes paar Beine stand da und er sah wie sie zitterten. Er erinnerte sich genau. Sie war die Tochter der alten Köchin gewesen. Sie war sehr jung und stand in voller Blüte. Selbst er hatte sich zwingen müssen, sie nicht mit seinem nordischen Charme zu bezirzen. Denn das hätte das Gastrecht schwer verletzt. Brünstig stieß der Hässliche mit seinem garstigen Glied zu. Bei jedem Stoß kroch aus der Kehle der Holden ein unterdrückter Schrei, weil die Hand des Hässlichen fest um ihren Mund gedrückt war.

Tief gärte sein Zorn beim Anblick dieser Schandtat. Fest umklammerte er den Griff seines Schwertes. Auf leisen Sohlen schlich er sich an, gewahr, dass der Hässliche außer seinem Schwanz nichts um sich herum wahrnahm. Dann ging alles sehr schnell. Er griff mit der leeren Hand von hinten um den Hals des Hässlichen. Mit brutaler Gewalt zog er ihn nach hinten und rammte von unten mit voller Wucht das Schwert in seinen Rücken. Als die Energie des Schwungs verbraucht war, drückte er mit purem Zorn weiter.

Blut spritzend kam die Klinge vorn aus dem Bauch heraus. Der Rücken des Weibes färbte sich rot. Als sie realisierte, was geschehen war, stieß sie ihn mit einem Ruck ihres Pos aus sich heraus. Auch er zog sein Schwert aus dem Rücken. Der Hässliche knallte ins Stroh. Sie sah ihn kurz an. Ohne ihn zu fragen, zog sie seinen Dolch aus der Scheide und warf sich auf dem leblosen Körper des Hässlichen. Wie eine Irre stach sie auf ihn ein, als ob sie ihn für jedes Mal, welches er sie mit seinem missgebildeten, krummen Schwanz gefickt hatte, einzeln bestrafen wollte. Kaum dass ihre erste Wut verraucht war, wandte sie sich seinem Glied zu. Mit einem Ruck zog sie es straff und dann hieb sie mit dem Dolch zu, bis sie den Schwanz in der Hand hielt. Wütend warf sie ihn dem Schwein hin, welches in der Ecke kauerte. Dann zeigte sie mit dem Finger zur anderen Seite des Hauses, umklammerte den Dolch und lief los.

Er folgte ihr. In einer Ecke fanden sie vier der Wehrfähigen abgeschlachtet. Ein paar Schritte weiter überraschten sie drei der üblen Bande, die sich am Met des Hauses labten. Noch bevor sie reagieren konnten, hatte sich die junge Frau auf den Ersten gestürzt und ihm den Dolch tief ins Auge gestoßen. Die anderen beiden griffen zu ihren Schwertern.

Grölend hieb der Erste auf die junge Frau ein. Doch der Wandersmann parierte den Hieb und wehrte das Schwert des Üblen so ab, dass es weit nach hinten federte. Wütend starrten ihn die beiden an und zugleich griffen sie an. Ein Lächeln huschte über sein einäugiges Gesicht. Es waren fiese, mordlüsterne Gesellen, aber vom Kämpfen verstanden sie nichts. Mit Leichtigkeit wich er den ersten Attacken aus und gab ihnen spielerisch mit der blanken Seite seiner Klinge Hiebe auf den Rücken. Erst als er bei der Drehung die Leiche der vollbusigen Frau sah, änderte er seine Taktik. Ihr nackter Busen klaffte im Schein des Feuers. Ohne Zweifel hatten die beiden sie erst vergewaltigt und dann erstochen. Wut keimte tief in seinem Magen.

Mit einer flinken Drehung in Richtung des ersten Üblen, ausgeführt auf dessen Knien, hieb er ihm das untere Bein ab. Schreiend knickte er weg. Aus der Bewegung heraus drehte er sich weiter und holte Schwung. Ohne den Hieb kommen zu sehen, vergrub er sein Schwert tief in die Schulter des Schwertarms des nächsten Üblen. Als der schreien wollte, schlug er ihm mit der blanken Faust die Zähne aus. Dann warf er der jungen Frau einen Blick zu und sie verstand.

Stumm und voll Wut sprang sie auf den Ersten, der sich vor Schmerzen krümmend, sein Knie festhielt; wieder stach sie ins Auge. Der Glibber spritzte. Ungerührt zog sie den Dolch heraus und stach auch das zweite Auge aus, als ob sie sichergehen wollte, dass ihr Gesicht die letzte Erinnerung war, die er mit in Hels Totenwelt nahm. Zuletzt griff sie sich seine Haare, um den Kopf still zu halten. Gemütlich schlitzte sie ihm die Kehle auf und ließ ihn ausbluten, so wie sie es sonst bei den Schweinen tat.

Dem Letzten schlug er mit zwei harten Hieben zweimal in den Kopf, bevor dieser blutüberströmt zu Boden krachte. Einen weiteren der Üblen sah er nicht, obwohl er wusste, dass es drei mehr gewesen waren, als die sie bisher getötet hatten. Also suchte er den Rest des Hauses ab. Zuerst fand er die Leichen einer Frau und zweier Männer, an die er sich noch gut erinnern konnte. Dann fand er die Kinder. Sie hatten sich hinter den Stangen im Dach versteckt. Als sie ihn und die junge Frau sahen, kamen sie hervor. Dann erzählten sie ihnen, dass die übrigen Bewohner des Hauses mit den Schätzen in die Schneehügel geflohen waren. Einige der Angreifer waren ihnen gefolgt.

Er verlor keine Zeit. Die Kinder zeigten ihm die Richtung und er nahm eines der Pferde. Dann begann er seine Suche. Die Nacht war dunkel. Nur der Mond spendete etwas Licht. Zudem schneite es und die Spuren der anderen waren längst verweht. Alles was ihm blieb, war sich auf seine Instinkte zu verlassen. Sie hatten ihn durch viele Schlachten getragen und waren besser als jeder Wegweiser.

Längere Zeit ritt er, bevor er die erste Fackel ausmachte. Dann hörte er das Gelächter und metallisches Scheppern, als ob Klingen aufeinanderprallten. Er stoppte sein Pferd und stieg ab. Im Schutz der Dunkelheit näherte er sich dem flackernden Licht.

Die Bande hatte die Bewohner des Gehöfts umstellt. Einer von ihnen lag bereits blutend am Boden und krümmte sich. Scheinbar fehlte ihm die Schwurhand. Schreiend hielt er den Stumpf umklammert. Nur der Mürrische schien den Üblen Einhalt gebieten zu können. Seine Kunst, Schwert und Schild führen zu können, zeugten von Erfahrung und vielen Jahren Training. Hintereinander fochten die üblen Gesellen mit dem Mürrischen. Er parierte jeden Angriff und schlug sie zurück. Nur für einen Gegenangriff reichte es nicht, weil sich die üble Bande gegenseitig die Schultern deckte.

Geduckt und leise schlich er sich an. Nur ein schmales Lächeln auf dem Gesicht des Mürrischen verriet ihm, dass er ihn entdeckt hatte. Doch er ließ sich nichts anmerken und focht weiter um das Leben seiner Leute. Damit seine Schritte nicht im Schnee knirschten, musste er jeden Schritt sorgsam setzen. Erst als er endlich in Sprungweite war, vergaß er die Zurückhaltung. Erschrocken drehten sich die Männer um, als sie der Bewegung hinter sich gewahr wurden. Doch für den Mann auf der rechten Flanke war es schon zu spät. Der Sprungangriff auf dessen ungeschützte Schulter kam zu schnell.

Wuchtig fuhr das Schwert, welches er mit beiden Händen von oben nach unten mit der Spitze vorausführte, in die Brust des Mannes. Nicht einmal das Kettenhemd konnte dieser ungebändigten Kraft standhalten. Wütend blickte er die beiden übrigen an, die ihrerseits zornig funkelten. Sofort griff der erste mit einem Schwerthieb an. Der zweite folgte ihm, doch der Mürrische stellte sich ihm in den Weg. Zwei ungleiche Duelle entstanden.

Auf der einen Seite standen zwei Schwertmeister. Auf der anderen waren zwei mordlüsterne Gesellen, die zu allen

Bluttaten bereit waren. Das erste Duell verlief schnell und blutig. Zuerst schlug der alte Wandersmann im blaugrauen Mantel seinem Angreifer zwei Finger ab. Dann hieb er knapp über das Schild in die Schulter des Mannes, so dass dieser Arm unbrauchbar wurde. Mit einem weiteren schnellen Schwertstoß verlor er seine Augen und als der Wandersmann diese Bewegung seiner Klinge weiterführte, riss er eine klaffende Wunde in die Wange seines Gegners. Dann führte er die finale Attacke aus und stach in den Hals an jener schmalen Stelle, wo das Leder des Harnisches aufhörte.

Der Mürrische war weniger gnädig mit seinem Opfer. Zuerst entwaffnete er ihn, indem er ihm eine Hand nach der anderen abschlug. Anstatt dann kurzen Prozess zu machen, hackte er als nächstes in seine Beine, sodass er wegknickte. Selbst am Boden liegend, gab er ihm noch nicht den Gnadenstoß. Zuerst kastrierte er ihn. Dazu trat er mehrmals gegen seine Hoden, so dass sie in der Hose sicher zerplatzt waren. Dann stach er zu, um sicher zu gehen, dass der Üble entmannt und enthehrt in die Totenwelt reiste. Als nächstes zog er ihm die Zunge raus und schnitt sie ab. Das Wimmern des Mannes verwandelte sich in stumpfes Stöhnen. Danach schnitt er ihm die Nase ab und wandte sich zum Schluss den Augen zu. Einzeln stach er jedes aus.

Als er fertig war mit seinem blutigen Werk, ließ er sein Opfer in den letzten Zuckungen liegen. Er wischte sich langsam sein Schwert an einem Tuch sauber und wandte sich dann dem Wandersmann im blaugrauen Mantel zu: „Danke Odin. Wir stehen tief in deiner Schuld!"

Walküren

Das Wasser im Brunnen brodelte. Urd rührte und lachte, als ob es der beste Witz in Yggdrasils Welten gewesen wäre. Doch in diesem Moment erschien Skuld wie aus dem Nichts, gehüllt in magische Nebel. Dann berichtete sie, was sie auf ihrer Reise nach Midgard erlebt hatte.

Urd und Werdandi lauschten ihren Worten voll Leid und Grauen. Ein böser Kriegsherr hatte mit seinen dunklen Truppen die Inseln und Lande im Norden gestürmt. Aus dem Osten war er gekommen und hatte die Erde in Blut getränkt. Stillende, winselnde Kinder hatten sie neben den vergewaltigten, blutleeren Leibern ihrer toten Mütter zum Verhungern zurückgelassen. Ihr Hunger war noch lange nicht gestillt. Bald würden sie ganz Nordland unter ihre Gewalt gebracht haben, falls es den letzten freien Menschen nicht gelang, ein Heer aufzustellen und sie zu vertreiben.

Werdandi nahm sich der Mission an und verschwand augenblicklich im Nebel. Einen Moment später erschien ihre Gestalt in einer rustikalen, kalten Burg. Die Helfer wurden wild und warfen sich ehrfürchtig vor der Hohen zu Boden. Weiche Teppiche wurden ihr vor die Füße geworfen. Sie lehnte dies ab und löste ihre Füße wieder im Nebel auf und schwebte durch die Gänge. Der Regenbogen begann sich über den Flur zu verbreiten. Erst als sie die große Halle betrat, senkte der Asengott seinen Blick. Der Regenbogen, mit dem er über die vielen Welten Yggdrasils seinen Blick schweifen ließ, wurde zu nichts weiter als einem Licht in den Augen Heimdalls. Werdandi schimpfte mit ihm, dass er noch keine Helden rüber nach Midgard gesandt hatte, um das Gleichgewicht zu bewahren. Demütig beugte der Asengott sein Haupt. Im nächsten Moment stieß er in sein Horn und ließ eine Melodie erklingen, die jeden Helden wissen ließ, dass eine große Aufgabe wartete. Werdandi nickte und verschwand.

Frigg war die erste, die erschien. Ihr Harnisch glänzte und ihre Augen waren bereit jeden Sturm zu durchsegeln und jedes Feuer zu durchschreiten. Direkt hinter hier erschienen die Walküren Skögul, Gunnr und Hildr. Heimdall wartete keine Sekunde länger und öffnete seinen Regenbogen. Die Brücke des Regenbogens brachte die wilden Kriegerinnen direkt in die erste Schlacht. Sie erkannten sofort, wer die Monster waren. Sie trugen schwere Rüstungen, während die Eingeborenen nur Lederharnische und Holzschilde trugen. Gegen die Eisernen hatten sie keine Chance.

Skögul stürmte sofort los. Nichts hasste sie mehr als unfaire Kämpfe. Sie mähte eine Schar Eiserne nieder. Gunnr und Hildr folgten ihrer wilden Schwester. Frigg war lange keine Heißblütige mehr. Sie sah den jungen Wilden zu, wie sie das Bataillon aufrieben. Es waren über hundert, die über einige Dutzend Einheimische hergefallen waren. Jetzt waren es drei Walküren mit der Macht des Schicksals, die sie einen nach dem anderen niederstreckten. Keinen ließen sie entkommen, denn die Kunde ihrer Ankunft sollte dem Feind verborgen bleiben.

Nur eine Handvoll Einheimischer stand noch, als die Walküren die Eisernen in Hels Welt gesandt hatten. Jede:r von ihnen kniete sich hin und dankte ihnen mit dem Kopf in den Matsch gepresst. Frigg forderte sie auf, sich zu erheben. Sie brauchten keine Schafe, die an das Buch glaubten. Was sie brauchten, waren Männer und Frauen, die bereit waren, dem Feind die Stirn zu bieten und ihn weit zurück in den Osten zu treiben.

Sie erhoben sich und was sie in ihren Gesichtern sah, war Angst. Sie formte eine Faust und blies hinein. Dann öffnete sie die Hand und magische Lichter stiegen aus ihr hervor und formten die Gesichter der Asen und zeigten Szenen ihrer vielen Heldentaten. Die Mienen verwandelten sich und der Heldenmut und die Opferbereitschaft kehrten zurück. Es ging um ihr Land, ihre Leben und mehr noch um ihre Familien und das Erbe, das sie der Welt hinterlassen wollten.

Die Einheimischen führten sie in ihr Dorf. Ängstliche Kindergesichter schielten aus tausend Richtungen. Jede:r erwartete den Tod, die Sklaverei oder die Vergewaltigung. Dass ihre Männer und Schildmaiden aufrecht und im Besitz ihrer Waffen ins Dorf zurückkamen, war ein Wunder. Plötzlich brach der Freudensturm los. Die Kinder und die Alten kamen aus ihren Löchern im Boden und aus ihren Verstecken und umringten die Sieger.

Erst als sie ihnen erzählten, dass die vier Hohen gekommen waren, um sie zu retten, gingen alle auf den Boden und gruben dankbar ihre Köpfe in die Erde. Wieder forderte Frigg sie auf, sich zu erheben. Dann trat Gunnr vor. Mit der Spitze ihrer Klinge wählte sie ein halbes Dutzend junger Frauen aus. Dann webte sie eine sehr alte und mächtige Binderune. Um die Oberkörper, die Oberschenkel und die Schultern entstanden die Platten leichter, wehrfähiger Panzerungen. Jedes der Mädchen guckte ängstlich an sich herunter, aber ein wilder Schrei der Walküre, machte ihnen klar, dass die Zeit ihrer Jugend vorbei war und es Zeit war, ihre Frau zu stehen.

Nachdem die Zeit der Aufregung sich gelegt hatte, zog das Bewusstsein des allgegenwärtigen Krieges wieder in alle Herzen. Sie hatten eine Schlacht gewonnen. Es war der erste Lichtblick für das nordische Land seit Wochen. Die Feuer wurden erhitzt, um die Kunde des Sieges zu senden und Boten wurden ausgesandt. Skögul und Hildr schlossen sich den beiden Boten an, die in die größten Dörfer ritten.

Frigg ritt mit dem Ältesten des Dorfes zum Jarl, der den Heerbann hielt und der die Reste des wehrfähigen Volkes versammelt hielt. Zwei Tage würden sie reiten. Nur Skögul blieb zurück und zwang den jungen Frauen ein hartes Training auf. Nach und nach würden mehr Frauen aus den umliegenden Dörfern kommen, um sich dem harten Drill zu unterwerfen. Denn das war der wahre Grund, weswegen die anderen beiden Walküren durch die Dörfer zogen. Das Land hatte zu viele Männer verloren und es war das Sinnvollste, die Frauen zu drillen, um die Reihen zu füllen. Jede Hand wurde gebraucht, falls sie der eisernen Armee wirklich etwas entgegensetzen wollten.

Der Jarl war ein störrischer Bock. Weder beugte er sein Haupt vor der Hohen, noch akzeptierte er den alten Glauben. Längst hatte er sich vom Buchgott verführen lassen und sein Land verraten. Seine Unfähigkeit war der Grund für die vielen Niederlagen und Frigg vermutete, dass er von den Eisernen bestochen worden war, denn auch sie waren Schlächter im Namen des Buches.

Doch der Norden kannte seit alter Zeit niemals Anführer, die länger blieben, als ihre Fähigkeiten sie dazu befähigten. So etwas war wider den wahren Geist des Nordlandes. So schritt Frigg in ihrer ersten Nacht im Lager die Zelte ab. Nach vielen Zelten blieb sie vor einem Zelt stehen und sah in die Augen eines jungen Recken. Blau glänzten seine Augen und hellblond war sein Haar. Er war weit aus dem Norden dem Heerbann gefolgt. Er lebte dort, wo die Grenze zwischen dem Land der Menschen und den Wesen des Schnees verlief.

Ein kurzes Gespräch und er akzeptierte ihre Wahl. Er war nur ein Bauer, der nichts außer der Härte und Rauheit des Winters kannte. Dort wo er lebte, kämpften sie mit Bären und Wölfen in den harten Wintern um jedes Stück Wild. Kaum dass der Morgen anbrach und der Jarl die Reihen abschritt, forderte der Recke den Anführer heraus. Wie es das alte Gesetz forderte, musste der Jarl selbst kämpfen oder einen Vertreter schicken.

Niemand hatte sich bisher getraut, ihn herauszufordern. Denn seine Sippe brachte seit Jahren die besten Krieger hervor. Viele glaubten seit langem sogar, sie würden bald den ganzen Norden unter einer Flagge vereinen. Doch Frigg spürte, dass er mehr wollte, als nur den Ruhm des Nordens. Er begehrte nach einem Königstitel, der an seine Ahnen überging, wie es im Süden und Osten üblich war, wie es aber im Norden als höchstes Sakrileg galt. Denn Anführer durften nur die Besten sein, nicht deren Söhne. Jede:r musste sich selbst einen Namen machen. Es half einen legendären Ahnherrn zu haben, doch in Wahrheit bedeutete es nichts.

Der Jarl war schockiert. Seit Jahren hatte niemand seine Sippe herausgefordert. Sofort funkelten seine Augen böse und ließen rachsüchtige Blicke über Friggs Körper gleiten. Sein ältester Sohn trat hervor und fragte wütend, ob der Tölpel sein Leben nicht schonen und die Herausforderung zurücknehmen wollte. Friggs Recke war kein Politiker, aber am wenigsten war er ein Feigling. Der hohe Norden war so hart, dass der Mut das einzige war, was die Menschen in den kalten, langen Wintern nicht wahnsinnig werden ließ.

Wütend schnaubte die Sippe des Jarls. Allein schon eine Herausforderung war eine Schmach und schädigte ihren Ruf. Der beste Krieger der Sippe war ein Neffe des Jarls. Er war der Sohn seiner ältesten Schwester. Seine Muskeln strahlten Stärke und Agilität aus. Die vielen Narben zeigten, wie viele Kämpfe er gefochten hatte.

Ein Kreis wurde gebildet. Die Schar jubelte, als der Neffe des Jarls den Kreis betrat. Betretenes Schweigen breitete sich aus, als der unbekannte Recke in den Kreis schritt. Viele Augen klebten jedoch an Frigg. Die Nachricht ihres Sieges hatte sich im Lager verbreitet und alle wussten bereits, dass der Recke von ihr auserwählt worden war. Frigg die Mutter des Nordens ertrug das Schweigen nicht länger. Er würde ihr Leben für sie riskieren und er hatte nicht mal darüber nachgedacht, es nicht zu tun. Deshalb formte sie aus den Wörtern der beiden Runen Sig und Dagaz den Namen Sigaz und verlieh ihm ihren Recken, indem sie ihn laut rief. Bereits beim zweiten Mal stieg die Hälfte der Krieger mit ein. Doch ihre Stimmen waren nicht laut. Es war mehr wie eine Art Flüstergesang, der auf mystische Art die Hoffnung in sich trug, das Kriegsglück doch noch wenden zu können.

Der Neffe des Jarls verstand den Namen als Beleidigung seines Geschlechts. Er wartet nicht die offizielle Eröffnung ihres Kampfes ab. Ohne zu zögern warf er seine Axt und stürmte hinterher und schlug zu. Die Axt wehrte Recke ab, doch der Hieb des Schwertes grub sich in seinen linken Arm.

Kein Schrei entglitt seiner Kehle. Nur das Blut tropfte auf den Boden. Der Jarlskrieger lachte höhnisch und der Recke blieb starr stehen. Stumm nahm er seinen Stand ein. Als der

Jarlskrieger dessen gewahr wurde, beendete er sein Bad im Applaus seiner Anhänger. Wütend stürmte er los. Laut schrie er und holte aus, als er in Reichweite kam.

Der Recke stand weiter starr da. Kein Muskel zuckte. Frigg senkte verzweifelt ihren Kopf. Scheinbar hatte sie ihren Kämpfer überschätzt. Die ersten Jarlsjünger jubelten schon. Alle sahen im Geiste den Recken fallen, denn er stand immer noch wie angewurzelt da. Jeder kannte die Krieger, die in ihre erste Schlacht zogen und dann wie paralysiert wurden, ohne sich weiter rühren zu können, bis die Schlacht endete oder jemand ihnen den Schädel einschlug.

Im letzten Moment bevor das Schwert des Jarlskämpfers auf den Recken traf, machte der einen extrem schnellen und weiten Schritt zur Seite. Zugleich streckte er sein Bein aus. Es ging zu schnell, als dass der Neffe des Jarls hätte reagieren können. Sein Hieb ging ins Leere und er stolperte über das Bein des Recken. Noch im Fallen rammte ihm Sigaz sein grobes Schwert in den Rücken und pfählte ihn in den harten nordischen Boden.

Totenstille breitete sich aus. Selbst Frigg war für einen Moment baff. Doch sofort wusste sie, dass ihr drittes Auge die Schicksalsmacht in ihm richtig gelesen hatte. Faktisch bedeutete das, dass Sigaz zum Jarl wurde und der alte Jarl abgesetzt war.

Die an Macht gewöhnte Sippe des Jarls war zu sehr an Macht gewöhnt, als dass sie tatenlos zusahen, wie sie alles verloren. Schreiend stürmten drei Mann der Jarlssippe in den Kreis und begannen den Recken zu attackieren. Frigg hatte geahnt, dass das passieren würde und sie wusste, dass genau so die eigentliche Feuerprobe aussehen würde. Denn er musste dem Heer beweisen, dass er zu außergewöhnlichem fähig war und das war der einzige Weg.

Wieder stand er still und rührte sich nicht. Wieder passte er genau den perfekten Moment ab, bevor er auswich und wieder streckte er jeden der drei Angreifer nieder, als hätte er nie etwas anderes getan. Fünf weitere schwer Bewaffnete aus der Sippe des Jarls stürmten den Kreis. Sogar der Jarl feuerte mit einem Bogen auf Sigaz. Der antwortete mit dem Wurf seines Schwertes, welches direkt vor den Füßen des Jarls im Boden stecken blieb. Jeder wusste, dass Sigaz ihn mit Absicht verfehlt hatte.

Doch nun stand er unbewaffnet fünf erfahrenen Kriegern gegenüber. Zum ersten Mal zeigte Sigaz Regungen in seiner Gestik. Es war geradezu, als ob er aus seinem Winterschlaf erwachte. Spielerisch wich er den Hieben aus und lachte dabei, als ob es ihm großen Spaß machte, dass sie ihn in Überzahl versuchten zu töten. Mehr als einem dutzend Angriffen wich er durch Sprünge und Rollen am Boden aus. Bei einigen schlitterte er einfach kniend über den Boden. Dann schien es ihn zu langweilen.

Erst lockte er sie durch seine Manöver so auseinander, dass jeder für sich allein stand. Dann wich er dem Axthieb des ersten aus und schaffte es in dessen Rückseite zu gelangen. Er sprang ihm blitzschnell auf den Rücken, knallte seine Stirn gegen den Schädel seines Gegners und riss dann den Kopf herum. Das Knacken des Genicks hörte jeder. Doch er verlor keine weitere Sekunde, schnappte sich die Axt seines Opfers und warf sie. Präzise traf sie den Angreifer in die Brust, der ihm am nächsten stand. Auch die drei Übrigen schlachtete er ab, ohne viel Zeit verstreichen zu lassen.

Die Menge jubelte und die Augen des alten Jarls waren weit aufgerissen. Das Volk des Nordens hatte wieder einen neuen Anführer und er war sogar von einer Hohen erwählt worden. Sie stürmten auf ihn zu und hoben ihn in die Luft. Laut schrie das Heer Sigaz Ehrennamen.

Einige Zeit später stand Frigg im Schatten hinter dem Sitz des neuen Jarls, während er sich die Strategien vortragen ließ. Es waren jene Angriffsstrategien des alten Jarls gewesen und er lehnte sie alle ab. Er wusste, dass die Eisernen ihnen an Kriegsgerät überlegen waren und deshalb war sein erster Befehl, die kleinsten Lager der Eisernen zu überfallen, um sich in den Besitz ihrer Rüstungen und ihrer Kriegsgeräte zu bringen.

Als alle verschwunden waren, blieben nur der neue Jarl und Frigg zurück. Sie wies ihn an, was sie von ihm erwartete. Er sagte nicht viel, außer dass er eher sterben würde, als ihre Befehle nicht auszuführen. Frigg war zufrieden. Der erste Teil ihres Plans war gelungen. Jetzt war es Zeit, zu ihren Walküren zurückzukehren.

Zwei Tage später erreichte sie zusammen mit einem kleinen Tross das Dorf, in dem Skögul geblieben war. Mit dem Ergebnis, das sie vorfand, war sie zufrieden. Fast dreihundert junge Frauen aus den Dörfern des Nordens trainierten hart und erbarmungslos, um ihren Teil zum Sieg beitragen zu können.

Vier Wochen trainierten die jungen Frauen viele Stunden lang. Ständig erreichten sie neue Nachrichten von der Front. Noch immer verloren sie im offenen Feld. In gleich zwei Schlachten waren sie unterlegen gewesen und hatten sich weiter ins Land zurückziehen müssen. Nebenbei gelang die neue Strategie von Sigaz gut. Mehrere kleine und ein großes

Lager des Feindes hatten sie überrannt und die Ausrüstung erbeutet. Anfangs machten sie dabei große Verluste, aber sie lernten schnell oder vielmehr war es Sigaz, der schnell lernte und die Taktiken ständig verbesserte.

Dann befanden die Walküren Skögul, Gunnr und Hildr ihre kleine Frauenarmee für einsatzbereit. Jetzt begann der zweite Teil ihres Plans. Frigg schickte einen der reichen Händler der Gegend zu einem der großen Lager des Feindes. Schon am nächsten Tag kam die Antwort, die sie erwartet hatte. Frigg schickte weitere Boten in die anderen Dörfer.

Am übernächsten Morgen erschienen viele alte Frauen und verschwanden mit den Jungen in den Häusern. Zudem brachten viele Händler ihre Esel und Lastpferde. Als die Mittagssonne gerade am Himmel stand, erschienen alle jungen Frauen geschminkt und in wunderschönen Kleidern. Der Tross setzte sich in Bewegung und als die Sonne den Horizont zu streicheln begann, erreichten sie eines der großen Lager des Feindes.

Viele hundert gierige Augen erwarteten sie. Die Händler betraten das Lager zuerst. Als sie sich über den Preis einig waren, winkten sie die Frauen ins Lager. Die drei Walküren waren den Anführern des Lagers versprochen worden. Alle anderen Frauen gingen zu den Kriegern, die am meisten bereit waren zu zahlen. Jede Frau wusste genau, was zu tun war. Zart umschmeichelten sie ihre Freier. Auch die harte Gunnr zeigte eine weiche Seite, die selbst Frigg überraschte. Sie selbst hatte sich in das Gewand einer alten Frau gekleidet, dass die Jungfrauen auf ihre schmutzige Arbeit begleitete.

Jede Frau kannte das Zeichen. Denn im Tross gab es auch als Schausteller verkleidete Krieger. Sie führten eine Schau für die übrigen Männer des Lagers auf. Sobald sie die große

Trommelparade begannen, sollte jede Frau ihre Mission vollenden. Auch Frigg und einige andere alte Weiber würden nicht untätig bleiben. Sie hatten Gift bei sich, dass sie in die großen Kessel mischten, in denen sich die Eisernen ihr karges Kriegsmahl kochten. Es war ein langsam wirkendes Gift, dessen Wirkung hoffentlich viele Soldaten lähmte, wenn der Moment gekommen war.

Skögul schlang ihre Arme um den Krieger, der sie mit seinen gierigen Händen begrabschte. Schon einige Momente nachdem sie sein Zelt betreten hatten, hatte er ihr alle Kleider vom Leib gerissen. Wie es geplant war, hatte sie darauf bestanden, erst für ihn zu tanzen. So stieß sie ihn auf seine Bettstatt und ließ ihre Hüften kreisen.

Die Trommeln ließen sich Zeit. Denn Frigg wartete darauf, dass das Gift in genügend Mägen verteilt war. Sköguls Freier wurde ungeduldiger und sie konnte ihn nicht länger zurückhalten. Also spuckte sie sich in die Hände und rieb sich ihre Muschi feucht. Langsam näherte sie sich dem willigen Bock in der Hoffnung, dass das Trommelsignal sie erlöste. Es kam nicht, also setzte sie sich auf ihn und steckte sich widerwillig seinen dreckigen Schwanz in die Scheide. Mit leichten Stößen begann sie den Ritt und versuchte dabei den stinkenden Atem des Mannes zu ignorieren.

Viele andere Frauen in den Zelten der einfachen Soldaten mussten ihre Rosengärten auch bereits für die fauligen Stängel öffnen. Jede von ihnen tat es widerwillig, aber sie spielten ein perfektes Spiel und überzeugten die Freier von ihrer Wollust. Jede von ihnen machte sich jedoch auch bereit für den tödlichen Akt. Sie alle waren nackt und so war es fast unmöglich gewesen, eine Waffe ins Lager zu schmuggeln. Da sie sich den Eisernen völlig ausliefern mussten, gab es nur einen Ort, der übrig geblieben war.

Jede von Skögul ausgebildete Walküre trug gut eingewickelt in ihrem Anus eine winzig kleine Stichwaffe, die tief in schnell wirkendes Gift getaucht worden war. Alle warteten auf den Trommelwirbel, denn ihre Abscheu wuchs immer mehr und sie konnten sich kaum noch beherrschen, den Ekeln nicht den Kehlkopf rauszureißen, aber Strategie war Strategie.

Auf dem Platz, auf dem die meisten Feuer brannten und die Schausteller ihr Spiel aufführten, beobachtete Frigg genau jede Bewegung. Sie hatten zwei Fässer frischen Mets dabei und verkauften ihn an die hungrigen Mäuler, wohl wissend, dass sie ihnen ihr Todesurteil verkauften. Endlich waren beide Fässer leer und Frigg gab den Schaustellern das Zeichen. In Windeseile holten sie die Trommeln aus den Wagen und begannen ihr dämonisches Konzert. Skögul atmete erleichtert aus, als das Zeichen sie endlich erlöste. Sie wartete nicht mal damit den dreckigen Abschaum aus sich rauszuziehen. Sie streckte ihre Krallen aus und grub sie mit asischer Kraft in die Kehle des Lüstlings und riss heraus, was sie zu fassen bekam. Dann endlich drückte sie sich seinen Schwanz aus der Vagina.

Als sie zum Platz zurückkam, war das Gemetzel in vollem Gange. Die Schausteller hatten sich in Kriegsmaschinen verwandelt und schlachteten die vom Gift geschwächten Eisernen ab. Ständig strömten neue Jungwalküren dazu, die von ihrem blutigen Akt zurückkehrten. Die Walküre Skögul genoss den Anblick. Statt sich am Kampf zu beteiligen, sah sie ihren neuen Walküren zu. Einige zeigten äußerstes Talent im Nahkampf. Als alle Eisernen tot auf dem Platz lagen, durchsuchten sie in Gruppen den Rest des Lagers. Es waren nur knapp zwanzig Jungwalküren, die bei ihrem sexuellen Attentat gescheitert und getötet worden waren. Skögul dankte ihnen für ihr Opfer und öffnete ihnen die Tore nach Sessrumnir.

Kurze Zeit später tauchte ein Bote auf und überbrachte die Kunde, das alle Eisernen, welche fliehen wollten, abgefangen und niedergemetzelt worden waren. Damit konnten sie das Geheimnis bewahren, wie sie das Lager übernommen hatten. In den nächsten beiden Wochen zerstörten sie so noch zwei weitere große Lager des Feindes. Auch Sigaz Strategie blieb erfolgreich. Die Niederlagen blieben vom Feind nicht unbemerkt. Nach dem Fall des zweiten großen Lagers zog er alle verfügbaren Einheiten zusammen, um ins Herz des Landes vorzustoßen.

Sigaz nahm die Kunde mit Freude auf. Sie hatten viele hundert Rüstungen und schweres Kriegsgerät erbeutet. Zudem waren neue Kämpfer aus den Dörfern zu ihnen geströmt, als die Kunde des Sieges sich verbreitet hatte. Selbst für Skögul hatte es viel neue Arbeit gegeben. Denn immer mehr junge Frauen wollten beweisen, dass sie kämpfen und siegen konnten. Ihr kleines Heer aus jungen Walküren war auf über zwölfhundert Frauen angewachsen.

Sigaz war schlauer, als es für Muskelprotze üblich war. Er hatte die Anzahl seiner Späher drastisch erhöht, um über jede Entscheidung des Feindes informiert zu sein. Als ihm die Route des Feindes klar wurde, wählte er die Grenze eines großen Waldes als Ort ihrer Schlacht. Sigaz und jeder andere kannten das Gelände. Für die Eisernen war alles Neuland. Zudem würden sie die eiserne Armee überraschen, da sie ganz klar zu einer großen Ebene zogen, um dort auf den

Feldern den entscheidenden Kampf auszutragen. Sigaz größte Herausforderung war es, in knapp zwei Tagen den Ort der Schlacht vorbereiten zu müssen. Deshalb rief er alle Anführer zusammen und hielt eine feurige Rede.

Nicht einmal Frigg hatte geahnt, wie leidenschaftlich der nordische Recke sprechen konnte. Mit dem Feuer seines Herzens entzündete er den Eifer der Anführer und er wusste, dass sie damit den Kampfeswillen des ganzen Heeres entzünden würden. Nach der Rede verteilte er die Aufgaben.

Frigg zog sich mit ihren drei Walküren zurück. Sie waren nicht da, um die Menschen vor allem zu retten. Ihre Aufgabe war es, den Mut und den Glauben zu befeuern, um alles zu geben. Sie hatten ihr Werk vollendet und würden in der Schlacht als einfache Kriegerinnen mit den Jungwalküren kämpfen. Sigaz hatte ihnen und einer zweiten Gruppe aus älteren Kriegern, die Aufgabe übertragen, in den Rücken der Eisernen zu fallen. Dazu musste sie sich durch den Wald schlagen und im Unterholz warten bis die Schlacht im Gange war. Denn sie mussten verhindern, dass zu viele fliehen konnten, um sich neu zu formieren und sie mussten das schwere Kriegsgerät zerstören, dass hinten im Tross fuhr.

Eine der Jungwalküren hatte sich zur echten Anführerin gemausert. Sie hatte mehrere Frauen bestimmt, um die Untergruppen zu führen. Als der Tag anbrach, schlichen sie sich in den Wald und gruben sich tief ins Unterholz ein. Gunnr und Hildr kletterten auf zwei hohe Bäume mit sehr grünem Blattwerk, in dem sie sich gut verstecken konnten.

Die Vorhut des Trosses tauchte am frühen Nachmittag auf. Bis dahin hatten sie geduldig im Unterholz gelauert. In Hildr kochte die Vorfreude auf die Schlacht. Geschützt vom Blätterdach hörten sie die Reihen des Feindes marschieren.

Noch mussten sie warten, aber sie wussten, dass bald der erste Hagel Steine und Pfeile auf die Feinde niederprasseln würde. Es dauerte lange bis der ganze Tross mit der Nachhut ihre Position passiert hatte. Langsam schälten sich die ersten Kriegerinnen aus dem Unterholz. Nach einiger Zeit hörten sie die ersten Schreie aus der Ferne. Das war das Zeichen, um sich in Bewegung zu setzen.

Als sie dann das Heer der Eisernen erreichten, nahmen die gerade ihre feste Schlachtordnung ein. Vor ihnen waren Todesschreie zu hören. Die Pfeile, Speere und Steine hatten schon erste Kerben in die Reihen des Feindes geschlagen. Die Walküren näherten sich im Schutz des Waldes. Weit hinter ihnen näherten sich die älteren Krieger, um jeden abzufangen, der fliehen wollte. Dann waren sie nahe genug. Die Anführerin der Walküren gab das Zeichen und über tausend junge Walküren ließen ihre Wurfspieße auf den Feind regnen.

Die Überraschung war ihnen geglückt. Voll auf den Sturm vor ihnen konzentriert, hatten sie ihre Deckung im Rücken schändlich vernachlässigt. Bereits ihre Wurfspieße hatte verheerende Wirkung. Mit Steinschleudern legte ein Teil der Walküren nach, während die übrigen losstürmten.

Kreischen und Schmerzensschreie zerrissen die Luft. Auch Hildr ließ ihren furchtbarsten Kriegsschrei erklingen. Mit Freude stürzte sie sich zusammen mit ihren Schwestern in den Kampf. Sie sah Feinde fallen und sie sah Schwestern fallen. Doch sie genoss den Kampf und spielte mit ihren Opfern, bevor sie ihnen das Leben raubte.

Das Gemetzel zog sich lange hin. Der Boden färbte sich rot. Die Strategie Sigaz ging auf. Während hinten Kriegsgerät zerstört wurde und nicht zum Einsatz kam, hatten die Krieger den Eisernen mit ihren Guerillaangriffen den Mut geraubt. Demoralisiert ergriffen immer mehr die Flucht. Noch bevor das Heer vernichtet war, hatten sie schon gewonnen, denn der Siegeswille der Eisernen war erloschen.

Bevor alle von ihnen ausgelöscht werden konnten, ergaben sich die restlichen Eisernen. Ihr Anführer hatte längst den Tod gefunden; allerdings nicht durch die Hand Sigaz oder eine der Hohen. Es war ein einfacher Bauer gewesen, der seinen Namen mit dieser Tat unsterblich gemacht hatte. Der Triumph war groß. Das Land des Nordens war gerettet. Frigg und die drei Walküren blickten durch die feiernden Reihen. Hatte es noch vor einigen Wochen keine Hoffnung gegeben und hatte der Tod bereits an jede ihrer Türen geklopft; so hatte ein Wunder sie gerettet und die Freiheit des Nordens bewahrt. Zufrieden kehrten die vier zurück und Heimdall gratulierte ihnen zu ihrem Erfolg.

Die ersten Menschen

Stumm saß er auf der knorrigen Wurzel und blickte in ihre Augen. Dort funkelte in grellem Grün die Mysteriumsrune. Nur jene, welche die große Prüfung gemeistert hatten, konnten sie sehen. Sie zeigte die Wahrheit, die allem zu Grunde lag und den Weg zum Kern aller Welten. Er fasste sich an die klaffende Höhle, wo einst sein zweites Auge gewesen war. Er hatte es geopfert. Fast hätte er sogar sein Leben gegeben. Kein Zweifel, dass es das Wert gewesen war, denn es hatte ihn zu einem Eingeweihten gemacht; jedoch fragte er sich, ob er heute noch die Stärke hätte, diese Tortur zu überstehen.

Damals war es die nackte Verzweiflung gewesen, die ihn getrieben hatte. Dann war da auch der Hunger nach Wissen gewesen. Er war durch die endlosen Welten Yggdrasils gezogen und hatte nach den großen Geheimnissen gesucht. Gefunden hatte er viel und doch jedes Mal gespürt, dass die geheime Zutat gefehlt hatte. Es war das Geheimnis der Runen, welches ihm die Nornen geschenkt hatten, dass ihm die Pforte zur letzten, höchsten und endgültigen Wahrheit geöffnet hatte.

Weit weg zog währenddessen Skuld durch Midgard. Sie hielt Ausschau nach jenen Kindern, in denen das Schicksal gärte und nach jenen, in denen Seidr spann. Ihr Weg führte sie über Berge und Täler und durch die großen Marktplätze an den Flüssen und Meeren. Sie war unsichtbar für die Augen der Menschen. In vielen von ihnen gärten die Triebe des Schicksals. Das freute sie. Denn die Abenteuer warteten und der Dienst der Helden wurde in den schweren Zeiten gebraucht.

Zugleich fand sie fast keine Kinder Midgards, in denen Seidr lebendig war. Sie waren noch zu grobe Wesen. Obwohl sie die Anlage hatte, waren sie nicht fähig, die magischen Tore zu öffnen. Sie spielten Murmeln und prügelten sich, anstatt geduldig die Geheimnisse der Natur zu ergründen und die verborgenen Pfade zu entdecken, die ins Herz der Magie führten.

Skuld verließ die Welt der Menschen und setzte ihre Suche zuerst in der Welt der Zwerge und dann in der Riesenwelt fort. Jedes mal zog sie enttäuscht weiter. Dann erschien sie auf der Ebene, an der die letzte Schlacht im Krieg zwischen

Asen und Wanen stattgefunden hatte. Sie spürte, wie stark das Seidr hier noch war. Doch das war ein uraltes Relikt. Sie begehrte nach etwas lebendigem.

Sie hörte den Ruf der Totengöttin Hel und kaum einen Augenblick später streichelte sie Garm dem riesigen Hund der Totenwelt über sein lebloses Fell. Die Doppelgesichtige senkte ihr Knie und klagte ihr Leid. Skuld lauschte und sprach ihren Segen. Auch hier musste sie feststellen, dass das Seidr schwach geworden war. Am Anfang der Welten war es die Macht gewesen, welche alles gewebt hatte. Sie war das pulsierende Leben, die wahr gewordene Fantasie und die Magie, die aus Nichts das Leben gebar. Ihr Funke war die Quelle aller Wunder. Skuld brauchte sie, denn sie folgte einem Traum, den sie in sich trug.

Als sie nichts fand, setzte sie sich neben Odin. Er starrte noch immer in Urds ewige Augen und ergötzte sich am Schimmer der Mysteriumsrune. Skuld stieß ihn zu Boden. Reuig blickte er sie an. Als sie sich seiner Aufmerksamkeit gewahr war, erteilte sie ihm die Aufgabe, in die Welt der Menschen zu ziehen und junge Männer und Frauen auf den Weg der magischen Helden zu führen. Er verstand und mit einem Wink aus Werdandis Hand fand er sich in Midgard wieder.

Die Habgier und die Spielsucht, die Faulheit und die Trunksucht, welche in den Dörfern und Städten grassierten, ekelten ihn an. Die Menschen hatten die Anlage, Größe zu entwickeln, doch sie verhielten sich wie Ehrenlose. Er zog weiter durch die Lande. Viele Tage vergingen. Eine Reihe Hügelgräber zog ihn schließlich magisch an. Er strich mit seiner Hand über sie und spürte nach den Tiefen der Magie.

Ein Geräusch schreckte ihn auf und er verbarg sich hinter einem Hinkelstein.

Ein junger Mann und eine junge Frau erschienen. Ihm gefielen ihre liebevollen Gesten, mehr noch, dass sie sich um die Gräber der Ahnen kümmerten und ihr Erbe lebendig hielten. Er sah, wie sie Runen mit Ästen auslegten, um die Magie zu harmonisieren und dann hatte er eine Vision.

Vor seinem geistigen Auge sah er, wie sich ein weiter Weg öffnete. Er führte durch gefährliches Land, über eine Kette hoher Berge mit schwierigen Pässen, bis hin zu einer großen Hafenstadt. Mit dem Schiff ging es in der Vision weiter über die stürmische See bis hin zu einer Insel, auf der Feuer und Eis magisch miteinander tanzten und auf der außer dem kleinen Volk, den Bären, den Schafen und ein paar Trollen kein Mensch lebte. Als die Bilder der Vision verschwanden, wusste er, was er tun wollte.

Er trat aus seinem Versteck und gab sich den beiden zu erkennen. Sofort zückten sie ihre Dolche und nahmen eine Angriffsstellung ein. Er strich sich über den langen Bart und lachte. Seine Geste ließ ihre gedrillten Körper entspannen. Dann stellte er sich vor und auch die beiden verrieten, dass sie Ask und Embla hießen. Dann zeichnete Odin mit seinen Fingern die Mysteriumsrune in die Luft. Die beiden fielen augenblicklich zu Boden und verneigten sich. Sie schworen, alles zu tun, was er ihnen befahl. Der Einäugige lachte vor Freude. Allein dass sie die Mysteriumsrune sehen konnten, war höchst selten in Midgard. Nur jene in denen Seidr rein floss, waren dazu im Stande.

Sie brauchten drei Tage, um sich von den Geistern des Ortes zu verabschieden. Im flackernden Feuer führten sie nackt wilde Tänze auf. Odin sah ihnen zu und weihte auch ihr großes Opfer für die Muttergöttin. Als die Energien gereinigt waren und sie die Aufgabe ihrer Grabpflege an die Winde übergeben hatten, brachen sie auf zu ihrer großen Wanderung ins Unbekannte.

Sie hatten wenig Gepäck. Die beiden waren Kinder der Natur. Alles was sie brauchten, fanden sie in den Wäldern und Wiesen. Wie sich zeigte, war sie eine Meisterin des Bogens und er ein gewandter Kämpfer mit dem Langstock. Bei jeder Rast forderte er Odin zu einem Duell und nach den ersten Runden war nicht klar, ob der Allvater oder der Naturmensch der bessere Stockkämpfer war.

Die ersten zwei Wochen verliefen ohne Probleme. Sie fanden ein paar Höfe, die ihnen Obdach für die Nacht anboten. Dann verließen sie die hügelige Landschaft und kamen in weite Steppen. Alle drei waren spirituell erfahren. Sofort stellten sich bei ihnen die Nackenhaare auf. Gefahr lauerte und sicher hatten die falschen Augen ihre Ankunft längst bemerkt.

Sie setzten ungerührt ihre Reise fort. Einige Zeit später spürten sie den Boden vibrieren. Kurz darauf hörten sie das Getrampel der Pferde. Am fernen Horizont tauchte eine Staubwolke auf. Jeder von ihnen wusste, dass sich Ärger näherte. Embla spannte ihren Bogen und legte sich drei Pfeile zwischen die Finger. Der Allvater senkte ihren Bogen vorsichtig. Erst wollte er die Lage sondieren, bevor sie sich in einen Kampf mit einer Überzahl stürzten.

Über zwanzig Berittene schälten sich aus dem Staub. Im Kreis ritten sie um sie und grölten, nachdem sie die drei Wanderer erreicht hatten. Schnell war klar, wer der Anführer war. Er hatte das größte Pferd und trug als einziger ein Kettenhemd. Plötzlich hielten die Reiter an. Sie behielten den Kreis bei, sicher um jede Flucht zu verhindern und funkelten böse mit ihren Augen. Höhnisch lachte der Anführer. Er war kein gieriger Mann, das mussten die drei zugeben. Dennoch war sein Preis zu hoch. Er forderte nur etwas Nahrung und einen wilden Ritt in Emblas Schenkeln.

In dem Moment, als er ihren Leib gefordert hatte, hatte Embla ihren Bogen gezückt und auf ihn angelegt. Sie war so schnell gewesen, dass der Anführer beeindruckt war und kurz gezittert hatte. Dann lachte er wieder. Denn die Rösser seiner Männer näherten sich mit gezückten Spießen.

Zu Odins Überraschung blieb Ask ruhig. Er konnte spüren, dass Ask bereit war, jeden Moment anzugreifen, doch von außen war davon nichts zu sehen. Odin übernahm wieder das Reden. Er zückte einen schönen Dolch und bot ihn als Wegzoll an. Interessiert ließ ihn sich der Anführer geben. Alle entspannten sich, denn es war zu sehen, wie sehr ihm der Dolch gefiel. Aber als er sein Haupt wieder hob und über Emblas Körper wandern ließ, war die Gier nach ihr wieder erwacht.

Jede:r der drei wusste in diesem Moment, dass er keine Ruhe geben würde, bevor er nicht Emblas nackten Leib gespürt hatte. Kaum dass das klar war, ließ Embla ihre Pfeile sprechen. Sie traf den Anführer mitten ins linke Auge und schoss in Windeseile einen zweiten Pfeil in den Oberkörper des Mannes, der hinter ihm auf dem Pferd saß. Sofort verteilten sich die drei, um schwerere Angriffsziele zu sein. Die Reiter warfen ihre Spieße und zückten ihre Keulen und groben Schwerter. Zu ihrem Glück waren die Reiter lausige Kämpfer. Sie beherrschten die Steppe, weil sie viele waren, doch gegen gut trainierte Kämpfer hatten sie keine Chance. Einen nach dem anderen mähten sie nieder. Es gefiel Odin, wie die beiden kämpften. Ihre Agilität und Treffsicherheit war beeindruckend.

Als sie jeden der Reiter niedergemacht hatten, nahmen sie von ihnen, was sie brauchten. Zudem konnten sie ihre Reise auf den Pferden fortsetzen. Mit sechs Rössern zogen sie durch die Steppe. Vier Tage dauerte es, bevor sie das Ende erreichten und in eine fruchtbare Ebene kamen.

Die Felder waren reich und das Korn stand kurz vor der Ernte. Schnell fanden sie ein kleines Dorf und einen Hof, der ihnen ein Lager für die Nacht anbot. Alle waren erstaunt, dass sie die Steppe passiert hatten, ohne von den Banditen gelyncht worden zu sein. Auf Odins Zeichen behielten sie die Geschichte ihrer Begegnung für sich. Sie wollten die Dorfleute im Glauben lassen, dass sie nur einfache Reisende waren.

Die Felder waren sehr reich. Mehr als eine Woche zogen sie durch diese Gegend. Jeden Abend speisten sie gut, denn die Menschen auf den Höfen waren sehr gastfreundlich. Als Dank sangen ihnen Ask und Embla heilige Lieder. Wieder war Odin überrascht von ihrem Talent. Dann erreichten sie die großen Wälder, die vor den Bergen kamen.

Kaum dass sie einen Tag durch den Wald gestapft waren, wurde ihnen wieder bewusst, dass sie beobachtet wurden. Doch diesmal fühlte es sich anders an. Die Augen waren neugierig, aber sie waren nicht gefährlich. Unbeschwert setzten sie ihren Weg fort, bis der Abend sich näherte. An einem kleinen Flusslauf machten sie halt. Ask und Embla sammelten Holz. Odin befragte in dieser Zeit die Runen. Eihwaz wirkte besonders stark. Das beruhigte ihn. Denn er spürte, dass immer mehr Augen auf ihnen klebten.

Als die beiden zurückkamen, hatten sie genug Holz für die ganze Nacht und Embla hatte mit ihrem Bogen Nahrung besorgt. Das Feuer brannte und Ask kümmerte sich ums Essen. Während sie genüsslich das Gebratene aßen, begann es, um sie herum zu knacken. Jede:r der drei wusste, dass das ein gutes Zeichen war. Die Bewohner dieses Waldes waren Meister des Waldes. Sie hätte sich locker ohne das geringste Geräusch nähern und sie angreifen können. Das sie sich ankündigten, war ein freundschaftliches Zeichen.

Plötzlich traten bemalte Gesichter in den Schein des Feuers. Es waren mehr als fünfzehn. Sie setzten sich um das Feuer. Sie warfen den drei Wanderern Nüsse zu und aßen sie dann selbst, um zu zeigen, dass sie nicht vergiftet waren. Ihre Mundart war fremd, doch Odin verstand jedes Wort und erzählte ihnen die Geschichte ihrer Reise. Er sparte mit keiner Einzelheit und Ask und Embla bekamen sehr viele anerkennende Blicke.

Der Morgen kam. Sorgsam vernichtete Ask jede Spur ihrer Anwesenheit. Sie verließen den Platz, genauso wie sie ihn vorgefunden hatten. Einzig dass sie nicht mehr zu dritt reisten, war neu. Odins Geschichte hatte die Waldmenschen gefesselt. Zwei Männer und drei Frauen schlossen sich ihnen an. Nach einer langen Verabschiedung brachen sie auf. Vor ihnen lagen die schwierigen Bergpässe.

Die Bäume hörten auf und der Boden wurde steinig. Sie stiegen höher. Die Waldmenschen liefen voraus. Sie kannten die Pässe und wussten welche Routen zu dieser Jahreszeit die besten waren. Am Abend setzte der erste Schnee ein und sie schliefen eng aneinander gepresst, um sich gegenseitig zu wärmen.

Am nächsten Morgen schmolzen sie den Schnee in ihrem kleinen Kessel und kochten eine Suppe aus den Kräutern und Früchten des Waldes. Ask und die beiden Männer hatte lange gebraucht, um genug Holz zu finden. Sie mussten sich aufwärmen, um es über dem Pass zu schaffen. Odin und die Waldmenschen hatten entschieden zu marschieren, bis sie über den Pass drüber wären. Wahrscheinlich würde es bis zum nächsten Morgengrauen dauern. Die Waldmenschen hielten es für die beste Idee.

Steinig ging es hoch. Der Weg war anstrengend. Ask und Embla waren weder das Gebirge, noch die Luft gewohnt. Es kostete sie viel Kraft. Aber keiner der beiden sagte ein Wort. Odin hingegen genoss die frische Bergluft. Er liebte das Gebirge. Auch die Waldmenschen steckten die Strapazen weg. Nachdem sie den Pass überquert hatten, aßen sie den Rest ihrer Vorräte und tankten einige Zeit neue Energie. Dann stiegen sie ins Tal hinab, um sich ein gutes Nachtlager zu suchen. Sie fanden einen kleinen Wald. Die Leuten des Waldes bauten ihnen geschwind mehrere Unterstände aus Ästen und Blättern. Ask und Embla gingen derweil mit Odin auf die Jagd und sammelten Holz. Der Abend verlief ruhig. Die Stimmung war ausgelassen. Am nächsten Abend würden sie die reiche Hafenstadt erreichen.

Für Ask und Embla war es der erste Besuch in einer Stadt. Sie hatten nur das Leben bei den Gräbern gekannt. Ihre Sippe hatte dort gelebt, bis eine Krankheit alle außer sie und ein altes Weib dahingerafft hatte. Die Alte hatte sie dann ausgebildet. Sie war eine Völva gewesen, die in ihrer Jugend als Schildmaid oft mit den Männern auf Beute gegangen war. Ihr verdankten die beiden alle ihre Fähigkeiten.

Ihre Augen wurden groß, als sie die großen Häuser sahen und ihr Staunen wurde noch größer, als sie zu den Schiffen kamen. Odin setzte alle in einer Kneipe ab. Danach ging er zum Hafen. Als er wiederkam, hatte er ein Schiff für sie besorgt. Sie waren eine kleine Mannschaft. Mit einer so kleinen und zudem unerfahrene Mannschaft war es zwar ein Risiko in See zu stechen. Aber seine Vision leitete ihn und er war sich sicher, dass das Schicksal ihnen hold bleiben würde.

Drei Tage blieben sie in der Hafenstadt und besorgten alle Vorräte, die sie brauchten. Am letzten Abend veranstaltete Odin ein wildes Saufgelage. Auch Ask und Embla versuchten ihr Glück im Saufen. Nach den ersten zwei Krügen gaben sie angewidert auf. Dafür becherten die Waldmenschen umso heftiger.

Es ging ein rauer Wind, als sie in See stachen. Keiner von ihnen kannte den Weg genau und Odin ließ sich nur von den Runen leiten. Sie hatten Proviant für drei Wochen an Bord. Die größte Herausforderung war es, dass Schiff zu steuern. Es hätte eine doppelt so große Mannschaft gebraucht. Nur unter Odins harschen und strengen Kommandos schafften sie es, gut durch die stürmische See zu kommen.

Die erste Nacht unter freiem Sternenhimmel war magisch. Es gab nur die Weiten des Meeres und des endlosen Horizonts. Angetrieben von dem Fass Met, welches er sich für die Seefahrt geholt hatte, begann Odin, Geschichten von seinen Abenteuern zu erzählen. Begeistert hingen alle an seinen Lippen. Dann kam der Schlaf über sie.

In den nächsten Tagen sahen sie Wale. Mithilfe einiger Netze versuchten sie sich im Fischfang, was nur kläglich gelang. Auch große Eisschollen zogen an ihnen vorbei. Odin peitschte wieder alle an, denn die Runen hatten ihm verraten, dass sie auf dem richtigen Weg waren.

Nach zwei Wochen tauchten die ersten Vögel am blauen Horizont auf. Odin lachte mit dem Wind, als ob er ein Wahnsinniger wäre. Auch Ask und Embla freuten sich. In den Tagen auf See hatten sie zu zweifeln begonnen. Denn das Meer war wild gewesen und jederzeit hätte das Meer sie verschlingen und nie wieder ausspucken können.

Endlich tauchte die Küste auf und einen halben Tag später fanden sie eine Stelle, um an Land zu gehen. Es war Odin, der schon früh ins Wasser gesprungen war, um schwimmend die neue Insel zu betreten. Keiner der anderen konnte schwimmen und so mühten sie sich ab, das Boot bis zum Land zu segeln. Dann waren es Ask und Embla, die als erstes Menschenpaar das neue Land betraten und damit eine Kette an Generationen in Gang setzten, deren Augen offen für die Magie der Natur und deren Münder den alten Sagen verschrieben waren.

Über den Autor:

Gestern nicht
Heute niemand
Morgen nirgendwo